MW01047521

La auténtica Susi

Christine Nöstlinger

ediciones sm Joaquín Turina 39   28044 Madrid

Primera edición: julio 1990
Decimosexta edición: septiembre 2002

Dirección editorial: María Jesús Gil Iglesias
Colección dirigida por Marinella Terzi
Traducción del alemán: Luis Astorga
Ilustraciones: Christine Nöstlinger, jr.
Rotulaciones: José Luis Rodríguez

Título original: *Echt Susi*
© Dachs Verlag, Viena, 1988
© Ediciones SM, 1990
    Joaquín Turina, 39 - 28044 Madrid

Comercializa: CESMA, SA - Aguacate, 43 - 28044 Madrid

ISBN: 84-348-2912-6
Depósito legal: M-31739-2002
Preimpresión: Grafilia, SL
Impreso en España / *Printed in Spain*
Imprenta SM - Joaquín Turina, 39 - 28044 Madrid

JUNTO a la puerta marrón del colegio, en una vitrina sobre el muro grisáceo del edificio, había cuatro listas: 1A, 1B, 1C, 1D, seguidas de dos puntos, y debajo, a doble espacio, aparecían los nombres de los alumnos.

—¿Qué, angelito? —preguntó la madre—. ¿Estáis todos juntos, como prometió la directora? ¿O ha fallado algo?

La mujer era bastante corta de vista y no llevaba puestas las gafas. Sin ellas no podía ver ni los nombres de las tiendas.

—Serán idiotas... —protestó Susi. Estaba de puntillas, pegada a la vitrina—. Tendría que medir dos metros para poder leerlo. ¿No saben lo que mide un niño de diez años?

—No eres tan pequeña, angelito —dijo su madre suspirando profundamente—. No tienes por qué exagerar, no eres ninguna enana.

—¡No exagero! ¡Tengo que brincar para ver los nombres que empiezan por A! —Susi dio saltos para convencer a su madre de lo indignante del caso, arriba y abajo como una pelota de pimpón.

«Ya lo suponía —pensó—. ¡Este colegio es una porquería! Si empiezan colocando los avisos así, de forma que un niño de estatura normal apenas puede leer los nombres que empiezan por Z, entonces apaga y vámonos.»

—¿Qué, angelito? —volvió a preguntar la madre.

Susi dejó de brincar. Había comprobado que su nombre figuraba en la lista de la 1C y que los demás niños de su antigua escuela que se habían matriculado en esa clase estaban también en la lista. No obstante, replicó enfadada a su madre:

—¿Qué sé yo? ¡Tendría que pedirle al conserje una escalera de incendios!

—¡Angelito, contigo hay que tener los nervios templados, de verdad!

La madre levantó la ceja derecha haciendo una mueca. Siempre lo hacía cuando se enfadaba con Susi.

—En cualquier caso, aquí no tienen muchas consideraciones que digamos con los niños —dijo Susi, y se golpeó la frente con el dedo pulgar—. En nuestra escuela siempre ponían los avisos correctamente. A nuestra profesora nunca se le ocurría pensar que medíamos dos metros.

—Cabezota —refunfuñó la madre. Sacó sus gafas del bolso, se las puso y leyó detenidamente lo que ponía en la vitrina. Luego se quitó las gafas, las volvió

a meter en el bolso y dijo satisfecha—: ¡Perfecto, todos estáis en la 1C! Gabi, Ulli, Martim, Michi, Verena. Y Paul también. ¡Felicidades!

Susi dio media vuelta y enfiló calle abajo con cara de pocos amigos. La madre suspiró de nuevo, esta vez de forma más exagerada, y se puso a caminar junto a Susi.

—Es desesperante, una niña tan loca —dijo dirigiéndose a Susi—. Creía que eras más razonable.

—Soy razonable —replicó Susi.

—No eres razonable —dijo la madre sacudiendo la cabeza—. ¡Tonta es lo que eres!

—Si soy una loca y una tonta —protestó Susi—, no podré venir a este colegio.

—Sólo los que sacan buenas notas vienen aquí —gritó su madre.

—¡Pero si soy tonta y loca!... —Susi se quedó parada y miró a su madre con gesto enfadado.

—¡Sabes perfectamente lo que yo quiero decir! —se detuvo también y miró a Susi fijamente.

—¡Y tú también sabes muy bien lo que quiero decir yo! —Susi dio una patada en el suelo.

—Pero, angelito —la madre se esforzó para que su voz pareciera tranquila y amistosa—. Pero, angelito; ya te lo hemos explicado cien veces: lo hacemos por tu bien.

—¡Y yo también lo hago por mi bien! —Susi, por el contrario, no se esforzó en absoluto en que su voz pareciera tranquila y amistosa—. ¡Y te lo he explicado ciento cincuenta veces! Pero te lo puedo explicar ciento cincuenta y una: ¡no quiero ir al colegio, quiero ir a la escuela de formación profesional,[1] quiero ir a la misma clase que Ali y Alexander! —Susi volvió a dar una patada en el suelo—. Y sacaré ceros hasta que me echen por idiotez incurable. ¡Qué me muera si no lo hago!

—Pero, pero, angelito, ¿cómo se puede amenazar de una forma tan infantil? —la madre quiso apoyar su mano en el hombro de Susi, pero ésta dio un paso atrás.

—Lo digo en serio, de verdad, en serio —gritó. Luego siguió corriendo calle abajo, hacia el parque. ¿Qué más se podía decir? Sus padres querían que hiciera una carrera en el futuro. ¡Y lo que ella deseaba no contaba para nada, los traía al fresco, era una locura y una tontería! «Pero ya se enterarán —pensó Susi—. ¡Se asombrarán! No dejaré que decidan por mí. ¡De verdad que no!»

La niña tuvo que detenerse en el cruce delante del parque porque el semáforo estaba en rojo. Se volvió y miró hacia el colegio. Su madre no estaba. Seguramente habría torcido por alguna callejuela lateral.

Susi estaba decepcionada. Había tenido la ligera esperanza de que su madre corriera tras ella, la alcanzara y le dijera:

—¡Entonces, angelito, si te empeñas en no ir al colegio, irás a la escuela de formación! ¡Lo importante es que mi angelito sea feliz, da igual en qué lugar!

El semáforo se puso amarillo, y verde, y Susi continuó sin cruzar. «A lo mejor —pensó—, mamá no

---

[1] En el sistema educativo austriaco, cuando los alumnos llegan al curso equivalente a 4.º de EGB, deben optar por continuar el bachillerato, para estudiar una carrera en el futuro, o por matricularse en una escuela preparatoria de formación profesional. *(N.E.)*

se ha metido por ninguna calle lateral. ¡Quizá haya entrado en la pastelería! ¡A lo mejor me quiere comprar una tableta de chocolate! ¡Como reconciliación! ¡A lo mejor sale enseguida de la tienda y viene hacia aquí! A lo mejor se ha dado cuenta de que el colegio no es bueno para mí.»

De la pastelería salieron dos niños; luego, un señor con un bebé en los brazos. Pasó mucho rato sin que saliera nadie más.

¡Tanto tiempo no se necesitaba ni para comprar un carro lleno de chocolate!

Por la puerta de las otras tiendas tampoco apareció su madre. Susi esperó hasta que el semáforo se volvió a poner verde, y cruzó la calle. «¡Mamá es mala, peor que mala, la peor! ¡Se ha ido a casa sin preocuparse más de mí!»

En la acera de enfrente había un bote vacío de cocacola. Susi le dio una patada. El bote salió disparado y pasó entre las patas de un pequeño teckel. El teckel saltó, ladró y dio una voltereta. La correa se le enrolló alrededor del cuerpo.

—¡Niña idiota! —gritó la dueña del teckel, y liberó al pobre animal de la correa—. ¡Una niña maltratando a un perro! ¡Esto sólo pasa hoy en día!

La mujer amenazó a Susi con el puño levantado. El perro ladró.

«¡La anciana es mala! ¡El perro también es malo! ¡Todo el mundo es malo! ¡Malo de verdad! ¡Malísimo!»

¡Decir que Susi no amaba a los perros! ¡Cuando deseaba desde hacía muchos años tener uno!

«¡Mucho mejor trato yo a los perros que la anciana! —pensó Susi—. ¡Yo no cebaría tanto a mi perro para que después muriera de un infarto! ¡Cómo podía imaginar que, de repente, iba a aparecer un teckel! ¡No soy ninguna adivina para saber lo que hay detrás de cada esquina!»

La furiosa Susi continuó su camino. Cuando ya no oyó gruñir a la anciana, redujo el paso. Se detuvo delante de un escaparate. Miró con detenimiento las latas de conserva y los precios, y las botellas de vino, y pensó: «¿Qué hago ahora? ¿Adónde voy? ¡A casa, ni pensarlo! ¡Porque allí está mamá, y mamá es mala! Y si voy a casa no me dejará en paz: empezará a hablar de la escuela y de que tengo una idea fija».

En la siguiente bocacalle había una cabina telefónica. Susi buscó una moneda en el bolsillo de sus pantalones, encontró una, se dirigió a la cabina y telefoneó a casa de Alexander.

—Por favor, ¿está Alexander? —preguntó a la madre de su amigo.

—No, Susi —contestó ella—. Se ha marchado con mi marido. Creo que no volverá a casa antes de que os veáis en el parque. He oído cómo le decía que en el camino de vuelta a casa se quedaría en el parque. ¡Al menos, eso creo! ¡Han ido a comprar algo para su bicicleta; está rota otra vez!

Susi dio las gracias por la información, colgó el auricular y salió de la cabina telefónica.

«Entonces iré a casa de Ali», pensó. Pero cayó en la cuenta de que Ali le había dicho el día anterior que estaba invitado al cumpleaños de su prima.

Susi suspiró, sacó su última moneda del bolsillo trasero del pantalón y entró en la tienda de helados. Se compró uno de frambuesa y fresa, se sentó en la terraza y empezó a lamerlo. La camarera se acercó y le dijo:

—¡Para sentarte aquí, tienes que consumir algo!

—Perdona —contestó Susi, se levantó y siguió calle abajo. Miró su reloj. Todavía faltaba más de una hora para que Ali y Alexander llegaran al parque. Pasarse una hora esperando, sentada en el parque, era un poco tonto. Dio media vuelta y se dirigió al edificio del ayuntamiento. Allí estaba la biblioteca. La bibliotecaria se alegraba siempre de que Susi apareciera por allí. Aunque hoy no fuera día de préstamo para los niños.

CAPÍTULO 2

HASTA QUE NO SEA SEGURO

YA desde lejos, Susi se dio cuenta de que en el banco donde se habían citado, detrás del arbusto de las lilas, no había nadie. Y eso que había estado haciendo tiempo en la biblioteca. Había permanecido allí hasta las tres y cinco. Y ya eran las tres y diez.

¡Siempre lo mismo! ¡Llegaba la primera! ¡Alexander y Ali nunca eran puntuales! ¡Siempre tenía que esperarlos!

A Ali no se le podía hacer ningún reproche. Con frecuencia tenía que ocuparse de sus hermanos pequeños, y hacía casi tantas tareas domésticas como un ama de casa. Tenía que ir a la compra, cocinar y a veces incluso planchar la ropa, fregar el suelo y limpiar las ventanas. Y un día, cuando Susi llegó a su casa, había hecho mermelada. ¡Con todo lujo de detalles: los frascos tapados con gomitas y papel de celofán! Eso no era capaz de hacerlo ni su propia madre. Siempre decía que no tenía tiempo para esas pequeñeces. Hoy que Ali estaba en la fiesta de cumpleaños de su prima, no se le podía hacer ningún reproche. Las fiestas de cumpleaños suelen prolongarse bastante.

¡Pero Alexander no tenía nada que hacer! Ni siquiera necesitaba prepararse el bocadillo. Su madre lo llevaba en bandeja. ¡Alexander no era capaz ni de partir el pan! Siempre andaba por ahí, sin mirar el reloj y pensando en las musarañas. A veces se tiraba una hora sentado en el wáter leyendo cómics. Y cuando llegaba tardísimo, se extrañaba de que todos estuviesen allí. Los relojes, decía siempre, le ponían nervioso.

Susi se sentó en el banco. Se quitó la sandalia del pie derecho y con el dedo gordo del pie se puso a escribir en la arena. Cinco rayas, muy juntas. Después de las cinco rayas escribió en letras grandes: PUAF.

Las cinco rayas significaban los cinco días de vacaciones que aún le quedaban. PUAF era el comienzo de las clases. Cuando poco después apareció una sombra larga y delgada, Susi levantó la cabeza. «Al fin», iba a decir; pero se quedó muda, porque no era ni Ali ni Alexander. La Turrón estaba allí.

Susi no sabía el verdadero nombre de la Turrón. La Turrón había ido a la antigua escuela de Susi. A una clase paralela, la 4A. La Turrón era muy delgada, tenía nariz de patata y unas gafas que le hacían unos ojos enormes. Susi nunca había hablado con ella en la escuela. Más de una vez, en el patio, se había quedado fascinada viendo cómo la Turrón devoraba barras de turrón. ¡Por lo menos se zampaba dos en cada recreo!

Paul juraba por todos los santos que el padre de la Turrón tenía una fábrica de turrones y, como era muy avaro, todos los dulces que no salían bien se los daba a la familia. Según Paul, la Turrón no comía otra cosa que barras defectuosas de turrón. Y de las que se rompían, la madre de la Turrón hacía sopas y papillas. Y del árbol de Navidad colgaban siempre barras de turrón.

Pero cuando Paul juraba algo por todos los santos, podía uno estar seguro de que no ofrecía ninguna garantía. Probablemente a la Turrón le gustaba aquel dulce. Nada más. Ali devoraba todos los días, desde hacía años, dos pepinillos con mostaza. ¡Y además no había nadie que tuviera una fábrica de turrón! Y los turrones que comía la Turrón no tenían nada especial. ¡Eran turrones totalmente normales, y Paul sólo era un inventor de historias que no quería más que darse importancia!

—Yo también voy a la 1C —le dijo la Turrón a Susi. Tenía un gesto preocupado—. La única de mi clase. Todos los demás van a la 1B. Mi madre fue a hablar con la directora. Pero la secretaria dijo que no se tendrían en cuenta los casos particulares y que ya no se podía hacer nada.

La Turrón se sentó en el banco junto a Susi.

—¿Sabes con quién te sientas? —preguntó ella.

—De momento, a tu lado —dijo Susi muy enfadada. Le fastidiaba que la Turrón se hubiera sentado sin pedirle permiso.

—Me refiero en el colegio. ¿Has quedado con alguien? —la Turrón se arrimó más a Susi—. Porque si todavía no has decidido nada, podríamos sentarnos juntas, ¿no te parece?

—¿Nosotras dos? —Susi se apartó de la Turrón y la miró con ojos de asombro. Nunca había conocido a nadie que pretendiera ganar su amistad tan rápidamente.

—Sólo si tú quieres, naturalmente —dijo la Turrón.

16

En su frente aparecieron dos arrugas de preocupación, y contrajo su nariz de patata de forma nerviosa.

Susi borró con la planta del pie las rayas de las vacaciones y el PUAF del comienzo de las clases.

—¡Por mí! —encogió los hombros.

«¿Por qué no? —pensó—. Con los demás de mi clase tampoco me llevo particularmente bien.» ¡Se sentaría al lado de la Turrón, era lo mejor! ¡Lo más indicado! Sería el colmo de las desgracias.

—¿Lo dices de verdad? —quiso asegurarse la Turrón—. ¿No lo dirás por decirlo?

Susi hizo un gesto afirmativo con la cabeza, y la Turrón se alegró enormemente. Sus gigantescos ojos brillaban, a través de los cristales de las gafas, como las más hermosas bolas de un árbol de Navidad.

—Entonces, hasta el miércoles —dijo la Turrón—. Te esperaré en la puerta del colegio. Así podremos entrar juntas en la clase.

Y se levantó.

—Ahora he de darme prisa. Tengo clase de flauta. Y todavía tengo que ir a buscar la flauta a casa. ¡Si llego tarde, la profesora se quejará a mi madre, y mi madre me montará un escándalo!

Dando un saltito cada dos pasos, abandonó el parque. Susi la siguió con la mirada.

«Clase de flauta —pensó Susi—. ¡No podía ser menos! Seguramente también adorna sus deberes con florecitas. ¡Y sisea bajito "PSSST" si alguien intenta chismorrear con ella durante la clase! ¡Y separa su cuaderno si alguien intenta copiar, porque copiar está prohibido! Y seguramente saca un diez en trabajos manuales, pero uno de verdad, no uno que en realidad haya merecido su madre. Seguro que puede tejer un guante con dedos ¡en el que cada dedo tiene su sitio! ¡Y ni siquiera sé cómo se llama esa pesada junto a la que me sentaré!»

Susi golpeó la arena con el talón.

—No me importa —dijo entre dientes—, no me importa ni un pimiento.

Luego se quitó la arena y el polvo de la planta del pie y se puso la sandalia. Se hubiera echado a llorar, pero se contuvo, tragándose las lágrimas como una valiente. «¡Aún sería peor —pensó— si Alexander y Ali llegaran y me encontraran aquí llorando!»

De llorar, pensó Susi, lo haría solita, en la cama. O en el baño. Pero no en el parque. Y en ningún caso delante de sus amigos. Sin embargo, estas severas reglas sólo regían para ella. Cuando alguno de sus amigos lloraba, no lo encontraba nada tonto. Entonces le daba pena, y lo consolaba lo mejor que podía.

Poco antes de las tres y media, con casi media hora de retraso, aparecieron Alexander y Ali por la puerta del parque. Con gesto divertido, saludaron a Susi con la mano. Sin mucho entusiasmo, Susi les devolvió el saludo.

—¿Te duele algo? —preguntó Alexander cuando llegaron al banco.

—Tienes cara de pepinillo con mostaza —dijo Ali.

—No me pasa nada —dijo Susi.

Alexander y Ali se dejaron caer en el banco a derecha e izquierda de Susi. Alexander le pasó un brazo por el hombro.

—He ido a recoger al viejo —Ali señaló a Alexander—. De lo contrario, todavía estaría en el patio de su casa arreglando la bici. No se da cuenta de que pasa el tiempo.

—No importa —Susi intentó poner buena cara.

—Oye, vieja —dijo Alexander—, hemos decidido ir a bañarnos —miró al cielo azul y limpio de nubes—. Puede que hoy sea el último día de baño de la temporada. Dicen que esta noche se nublará, y mañana puede que llueva. Y después llegará el frente frío de Siberia.

Susi sacudió la cabeza.

—¿Ahora? —preguntó ella—. Cuando queramos llegar ya estará cerrado; tendríamos que haber ido al mediodía.

—¡Iremos a la piscina infantil! —Ali puso el índice en la espalda de Susi.

—¡No seas sosa! —Alexander golpeó con la palma de la mano la rodilla de Susi.

—¿A la piscina infantil con los bebés? —Susi frunció el ceño.

—Bueno, ¿y qué? ¿Acaso les tienes miedo? No muerden —Alexander se inclinó sobre Susi y la mordió en el hombro.

—Entonces tendré que ir a buscar mi bañador —Susi se frotó el hombro mordido—. Y no me apetece ir a casa. No está el horno para bollos.

—No hace falta —dijo Ali—, nosotros tampoco

tenemos bañador. La idea se nos ha ocurrido ahora mismo. Nos bañaremos en calzoncillos.

—Pero yo necesito algo arriba —Susi se golpeó el pecho con la mano.

—¡Ella necesita algo arriba! —Ali se partió de risa. Reía a carcajadas, como un caballo pidiendo azúcar—. ¡No es conmovedor!... ¡Necesita algo arriba!

—¿Para taparte qué pechos? —Alexander reía a carcajadas, lo mismo que Ali.

—Entonces yo también necesito algo para la pechuga —Ali casi se cae del banco de tanto reír—. ¡Porque tengo tanta como tú!

Y tenía razón, porque había engordado sus buenos tres kilos durante el verano. Y buena parte de ellos se le habían acumulado en aquella zona.

—¿Crees que a mí me gusta tener pechos, majadero? —Susi le hizo una mueca—. ¡No necesito nada que me cuelgue delante! ¡De verdad que no!

—¡Está pasado de moda! —Alexander llevó las manos a unos veinticinco centímetros alrededor de su pecho—. Aunque tengan una pechuga así de grande, las mujeres no se ponen nada arriba. Ya no está prohibido. Está permitido. Este año mi madre se ha bañado sin nada arriba.

—Así es —exclamó Ali—. Tienes algo, lo enseñas; no tienes nada, lo tapas —y las risotadas de los dos sonaban como los relinchos de un montón de caballos. Se golpeaban los muslos, levantaban los brazos y las piernas, lloraban de risa y sus caras estaban congestionadas.

—Ja, ja, muy gracioso, sí, muy gracioso —dijo Susi. Estaba rígida como un bastón entre dos sacos de la risa.

Ali fue el primero en calmarse. Dejó de hacer payasadas, se limpió las lágrimas de los ojos y le dijo a Alexander:

—¡Viejo, repórtate! De lo contrario, Susi nos retira la amistad. Y no se vuelve a sentar con nosotros en el colegio. Te veo sentado los próximos cuatro años al lado de la Turrón.

Alexander cesó también en sus risotadas.

—Disculpa —dijo jadeante—. No te lo tomes a mal.

Susi se levantó de un salto.

—Bueno, ¿qué pasa? —apremió—. Pensaba que iríamos a la piscina infantil. Si no vamos, pronto la cerrarán. ¡Vamos! ¡Deprisa, caballeros!

Susi no tenía ninguna prisa por llegar a la piscina. La piscina infantil no le interesaba en absoluto. Sólo quería salir lo antes posible de allí, porque aquella conversación no era de su agrado. ¡Ali y Alexander no debían hablar del colegio! Si sacaban el tema, volverían con lo de que tal vez sería mejor que Susi se sentara con Alexander en un pupitre, y Ali en el de al lado. O si no sería mejor aún que Ali se sentara con Susi en el mismo pupitre. ¿O preferían que lo hiciera detrás de Susi? ¿Y dónde estarían mejor los tres? ¿Al final de la clase? ¿O delante, cerca de la pizarra?

Y entonces tendría que decirles que en realidad, a menos que ocurriera un milagro, no se sentaría con ellos, sino al lado de la Turrón, porque no iría con ellos a la misma clase. «Ahora no soy capaz de hacerlo; mañana se lo explicaré. O pasado mañana. Primero tengo que meditar la forma mejor de hacerlo.»

Ali y Alexander estaban totalmente convencidos de que Susi estaría con ellos en la escuela de formación profesional. No tenían la menor duda. En primavera, cuando se habló en clase de quién iría en otoño al colegio y quién a la escuela de formación, Susi les dijo que sus padres querían enviarla al colegio, pero que ella había respondido categóricamente:

—¡De ninguna manera! Ni soñarlo. Quiero ser jardinera. O carpintero. Quizá camionera. ¿Para qué necesito, entonces, el título de bachillerato?

El último día de clase, cuando la profesora le dio un sobresaliente a Susi y dijo que estaba segura de que también sacaría buenas notas en el bachillerato, Susi comentó a Ali y Alexander:

—¡Ella lo cree así! Pero se equivoca. ¡Mis padres cederán, estoy segurísima!

Y como los padres de Susi siempre habían cedido a los deseos de su hija, Ali y Alexander estaban totalmente convencidos de que esta vez pasaría lo mismo. Y además, Susi se lo había confirmado. Cuando trataron durante las vacaciones el tema del comienzo de las clases de otoño, ella no les dijo ni una palabra de que sus padres seguían con su idea. Que Susi les ocultara una cosa tan importante no se les podía pasar por la cabeza. Ni la misma Susi sabía por qué lo había hecho. Más de diez veces había querido hablar de ello, pero nunca lo había hecho. Era como si pensara: «Mientras no se lo diga, no será seguro. ¡Y hasta que no sea seguro, todavía cabe la esperanza de que cambien las cosas!».

CAPÍTULO 3

UNA NIÑERÍA

EL domingo por la mañana, el padre de Susi estaba de muy buen humor. Raras veces se encontraba de mal humor, pero que estuviera tan contento no era muy normal. Estaba cantando en la cocina mientras hacía el desayuno.

—Tralalá, tralalá. No te preocupes de nada, mamá.

Lo hacía bien. No en balde había cantado en una coral infantil.

Susi estaba en la cama, escuchaba el concierto de su padre y pensaba: «¡Ésta es mi última oportunidad! ¡Ahora podría suceder un milagro! ¡Estando de tan buen humor, se podrá dialogar con él! ¡Y además, mamá duerme y no podrá intervenir en la conversación!».

Se levantó de la cama y se encaminó a la cocina. Su padre había terminado con las canciones y ahora lo intentaba con la poesía:

Qué oportuno es un desayuno.
¿Quiere la nena un café con crema?
¿O prefiere la niña un zumo de piña?
¡Preparar pan con mermelada no cuesta nada!

Susi dijo:

—Un taza de cacao pequeñita para la muchachita —y añadió—: ¡Pero sin nata, que no dé la lata!

Luego se dirigió al fregadero para limpiar la vajilla. Cuando su padre trajinaba en la cocina, había un montón de cacharros sucios. Susi odiaba fregar. De todos los trabajos de la casa, era el que le resultaba más odioso.

«No hay más remedio», pensó. Su padre se impresionaba con esas cosas. Lo mejor para conseguir algo de él era mostrarse cariñosa y amable. ¡Un verdadero cariñito! Con su madre había que discutir, llegar a enfadarse, insultar y golpear con el puño sobre la mesa. Luego ella también golpeaba con el puño sobre la mesa, insultaba, se enfadaba y encolerizaba, y al final cedía. Con su padre esa táctica no daba resultado. A él no se le podía ablandar a golpes, había que hacerlo con caricias. Así que Susi utilizó sus encantos. Tan difícil no le resultaba echar una sonrisita mientras introducía las pegajosas tazas en el agua demasiado espumosa.

Cuando su padre estaba friendo los huevos, Susi consideró que era el momento más oportuno para iniciar la conversación.

—Oye, papaíto —dijo con voz angelical—, me moriré de pena si no voy a la escuela de formación profesional.

—¿Qué has dicho? —el padre movió los huevos en la sartén para evitar que se quemaran—. ¡El extractor hace tanto ruido que no he entendido nada!

Susi cerró el grifo del agua.

—Que me moriré de pena si no puedo ir a la escuela de formación profesional —repitió. Esta vez su voz no era angelical porque le indignaba que su padre no hubiera escuchado el anuncio de su muerte inminente.

Él retiró la sartén del fuego.

—Mamá me ha dicho que tienes esa idea fija —masculló. Acercó la sartén con los huevos a la mesa de la cocina—. ¿Quieres un huevo frito tú también? —preguntó.

—¡No quiero comer, quiero hablar contigo! —Susi se esforzó de nuevo por poner voz angelical, pero notó que se encolerizaba. Mira que ofrecerle un huevo... ¿No se daba cuenta de que ella estaba desesperada? ¿O es que pensaba solucionar su desesperación con un huevo?

—No es ninguna idea fija —afirmó Susi—. Lo he pensado bien. Quiero ser carpintera, o jardinera, o camionera.

Él la interrumpió.

—Cuando yo tenía tu edad, hijita, quería ser cantante de ópera. Y un año después, piloto. Lo que se quiere a los diez años no cuenta, créeme.

—Pero en principio podría ir a la escuela —dijo Susi—. Y luego, ya veríamos...

Su padre la volvió a interrumpir:

—¡Tonterías! ¡Tú lo único que andas buscando es no separarte de Ali y Alexander!

—No es verdad —gritó Susi—. Yo...

—¡Sí! Es así, y eso es una niñería —cogió el tenedor y se dispuso a dar cuenta del huevo frito—. No hay por qué estar todo el día con los amigos —dijo mientras masticaba—. ¡Yo no me siento con Otto en la oficina! —Susi encontró estúpida la comparación, pero no dijo nada; prefirió continuar siendo un cariñito—. Si vuestra amistad se rompe sólo porque ya no estáis en la misma clase... —el padre balanceaba la yema del huevo con el tenedor para llevársela a la boca—. ¡Entonces es que no es una verdadera amistad!

La yema del huevo resbaló y le cayó sobre la pernera del pantalón. El líquido amarillo se deslizó por el pantalón y goteó sobre el suelo. Susi cogió una bayeta y limpió la pernera del pantalón de su padre y la mancha del suelo.

—Déjalo —dijo él—, son mis pantalones viejos de andar por casa.

—¡No me entiendes! —Susi se levantó y arrojó la bayeta al fregadero. Un chorro de agua espumosa saltó del fregadero y fue a parar a la camisa de su padre.

Él no se lo tomó mal.

—Claro que te entiendo, hijita —dijo, y retiró la sartén—. Pon atención a lo que te voy a decir. Tu querida tía Erika le dijo a tu abuelo, hace veinte años, que no iba al colegio porque quería ser peluquera. Y el abuelo lo aceptó, la tía Erika es ahora peluquera, se queja de que es un oficio penoso y se lo reprocha al abuelo. Dice que él tenía que haber sido entonces más sensato y no hacerle caso, que ha echado a perder su futuro.

Se levantó, se acercó a Susi, le dio un beso en la punta de la nariz y le dijo:

—¡Yo soy más sensato; no podrás decirme dentro de veinte años que cedí ante tus caprichos de niña!

Dicho esto, salió de la cocina y se encaminó al cuarto de baño. Y entonó una nueva canción.

—Deténte, ahí hay una pendiente —cantó.

Malhumorada, Susi se dirigió a su habitación y se lanzó sobre la cama.

«Y ni siquiera me ha hecho el cacao que me había prometido —pensó—. Y yo que siempre había pensado que mis padres eran mucho mejores que los demás padres. ¡Pero no es así! ¡En absoluto! ¡Ninguno de los dos!»

Susi permaneció en su habitación hasta la hora de comer, tumbada en la cama y con la mirada fija en el techo. Hasta que su madre gritó en tono festivo, como si toda la familia viviera en el mejor de los mundos: «Angelito, la comida está lista», Susi no se dio cuenta del hambre que tenía. Lo que no era nada extraño, porque no había probado bocado desde la noche anterior. La niña no salía de su asombro. Cómo se podía ser infeliz y al mismo tiempo tener hambre. Hasta ahora siempre había creído que las personas infelices no pensaban para nada en la comida. Susi se levantó de la cama, tomó en sus brazos a su viejo osito de peluche, que estaba acurrucado en la sillita de mimbre junto a la ventana, y le susurró al oído:

—¡Viejo, a ti te lo contaré! ¡Estoy acorralada, totalmente acorralada, de verdad!

El osito gruñó en señal de aprobación. Susi lo colocó sobre la cama.

—Vuelvo enseguida —le dijo—. ¡Voy a comer algo rápidamente!

Susi acababa de llevarse el primer trozo de filete a la boca cuando sonó el teléfono.

—Seguro que es para ti, angelito —dijo la madre.

Susi corrió al teléfono, descolgó el auricular y dijo:

—¿Sí? Dígame.

—Oye, Susi —silbó en su oído la voz de Alexander—, Ali acaba de estar en mi casa. En el camino hacia aquí se ha encontrado con Paul. Paul asegura que tú y él iréis juntos a la misma clase en el colegio. Está totalmente convencido. Y dice que Ali es imbécil si no se lo cree. En cualquier caso, se han apostado cien chelines —Alexander rió tan fuerte que a Susi le dolieron los oídos—. Un dinero fácil de ganar, ¿no te parece? ¡Como es lógico, nos lo repartiremos entre los tres! Ali ha quedado con ese tonto a las dos en el parque, para que le pongas al corriente de la verdad —Alexander guardó silencio esperando una explicación de Susi. Como no llegaba, siguió hablando—: No creo que vaya. ¡Ya lo conoces! Primero se hace el bocazas, chulo y mentiroso, y luego se caga de miedo. Pero le ha jurado a Ali que iría. Entonces... —Alexander soltó una risita—, entonces nos vemos a las dos en el parque. ¿De acuerdo?

Susi no sabía qué decir. No dijo nada.

—Oye, vieja, ¿qué pasa? —preguntó Alexander—. ¿Me oyes?

—¿Sí? —dijo Susi muy bajito.

—¡Apenas te oigo! —gritó Alexander. ¿Me oyes tú a mí?

—Sí —dijo Susi, también muy bajito.

—A vuestro teléfono le pasa algo —gritó Alexander—. Voy a colgar, vieja. ¡Entonces, hasta las dos en el parque! ¡Chao, vieja!

—Chao —murmuró Susi, y colgó el teléfono. Volvió al salón, se sentó a la mesa, se comió el filete, bebió limonada y se quedó pensativa.

«¡Ahora sí que estoy totalmente acorralada! ¡Ahora sí que no sé qué hacer!»

—¿Quién era, angelito? —preguntó su madre.

Retiró el plato vacío de Susi y colocó un platito de macedonia delante de ella. Susi no respondió.

—¿Se ha vuelto sorda mi hijita? —preguntó su padre.

—Vuelve pronto en sí, angelito mío —dijo la madre—; si no, me va a dar jaqueca de la preocupación.

—Ya sabes que nos marchitamos sin la sonrisa alegre de nuestra hija, como el perejil sin el agua —continuó él.

—¡Dejadme en paz! —gritó Susi, y apartó el platito de macedonia. En realidad, ya no tenía hambre. ¡Era verdad! ¡La infelicidad quita el hambre! ¡Antes de la llamada no había sido realmente infeliz! ¡Estaba claro!

—Come, angelito; he hecho la macedonia especialmente para ti —dijo la madre.

—Si no comes, te morirás de hambre, hijita —dijo el padre, acercándole el plato de macedonia de nuevo.

Susi lo retiró bruscamente y derramó parte del zumo sobre el mantel.

La madre suspiró, el padre suspiró. Se miraron entre sí y se encogieron de hombros con gesto de resignación. Como queriendo decir: «¡Dios mío, vaya unos pobres, pacientes, incomprendidos padres que somos!».

Susi se levantó de un salto y corrió al baño. Era el único sitio de la casa donde se podía encerrar. Allí estaba a salvo de todo tipo de impertinencias.

Susi se sentó en el wáter, puso sus codos sobre las rodillas y apoyó la cabeza en las palmas de las manos. ¡Faltaban cuarenta y nueve minutos para las dos! En cuarenta y nueve minutos tenía que encontrar una explicación que resultara razonable para Alexander y Ali. Pero ¿cómo se podía explicar una conducta irracional razonablemente? ¡Para ello ni siquiera bastaban cuarenta y nueve veces cuarenta y nueve minutos!

Diecinueve de los preciosos cuarenta y nueve minutos los empleó Susi en el wáter, pensando infructuosamente. Diez de los restantes treinta preciosos minutos los pasó con el osito de peluche, pensando infructuosamente. Luego llegó su madre diciendo que Susi todavía no se había lavado los dientes. Acompañó a su hija al cuarto de baño. Mientras ésta se aseaba y limpiaba los dientes, le dio una charla sobre higiene y caída de la dentadura. Y Susi tampoco pudo reflexionar.

¡Página 31!

Después ya eran las dos menos seis minutos. Susi se vistió. Cuando salió de la casa eran las dos menos dos minutos. Eran las dos en punto cuando salía por la puerta de la calle. ¡Y seguía sin disponer de una explicación razonable para Ali y Alexander!

CAPÍTULO 4

SÓLO POR SU CULPA...

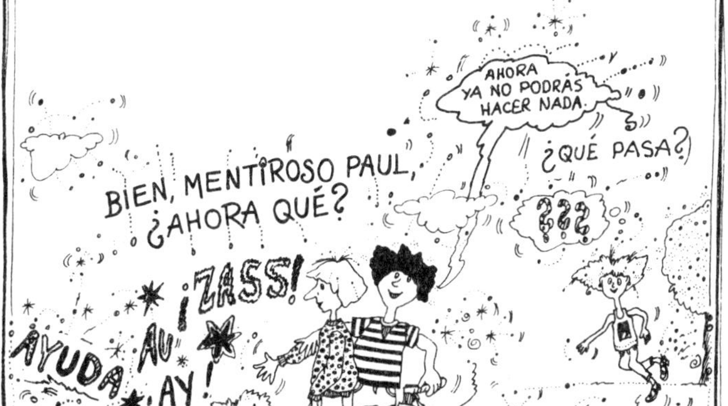

DETRÁS del arbusto de las lilas, en el banco, estaban muy juntitos Ali y Alexander.

«¡Desde que nos citamos aquí —pensó Susi—, es la primera vez que los dos son tan puntuales!»

Frente a Ali y Alexander, a una distancia de unos tres pasos, estaba Paul. Tenía las manos metidas en los bolsillos del pantalón, la cara roja como un tomate y los ojos encolerizados.

—Así es —gritaba—. ¡De verdad! ¡Estoy seguro! ¡Lo sé por su madre! ¡Y por la mía! Y además, todos los días paso por casa de Susi. ¡Cómo no voy a saber a qué colegio va a ir!

—¡Ja, ja! —Ali se golpeaba la frente con el dedo pulgar—. ¿Todos los días vas allí? ¡Menudo cuento chino! ¡Nunca te he visto cuando he estado allí!

—¡Lo que pasa es que le habría gustado estar! —dijo Alexander.

—Pero no es así —dijo Ali.

—Casi todos los días —gritó Paul.

—Y porque la madre de Susi quiere —dijo Alexander—; si fuera por Susi, nunca habrías ido.

—¡Sois idiotas! —gritó Paul—. ¡Tontos de baba! ¡Sólo necesitáis ir al colegio para ver con vuestros propios ojos que el nombre de Susi aparece en la lista de la 1C! —Paul puso cara de desesperación—. ¿Por qué no me creéis?

—Siempre mientes —dijo Ali.

—¿Por qué iba a mentir? —gritó Paul.

Apretó los puños.

Alexander encogió los hombros.

—¿Y qué sé yo? Tus estúpidas mentiras nunca tienen sentido.

—¡Yo no miento! —Paul se arrojó sobre Alexander y le golpeó con los dos puños. Ali cogió a Paul de los hombros y lo tiró al suelo. Alexander se sentó sobre las piernas de Paul y lo sujetó fuertemente contra el suelo. Ali pasó el brazo de Paul por encima de su cabeza y lo apretó contra la arena.

—Ahora ya no podrás hacer nada —dijo, y jadeó satisfecho.

Paul intentaba desasirse. Forcejeaba por quitarse de encima a Alexander y liberar su brazo de la fuerte sujeción a la que le sometía Ali. Pero en vano. Trató de levantarse, pero tampoco lo consiguió. Sólo podía maldecir y escupir. Pero como escupía en dirección desfavorable, no acertaba a sus enemigos y los escupitajos le caían sobre la barriga y la frente.

Susi se acercó despacito al banco donde se encontraba el trío.

Ali la vio llegar.

—Bien, mentiroso Paul, ¿ahora qué? —dijo—. Ahí llega Susi. ¿Admites de una vez que has mentido?

—¡Suelta a Paul! —dijo Susi. Su voz sonó tan temblorosa y ronca como si tuviera dolor de garganta.

—Él me atacó primero —Alexander se levantó.

—Yo sólo quería detener a este estúpido —Ali soltó el brazo de Paul.

Paul se apresuró a levantarse. Tenía la camisa y los pantalones polvorientos y manchados de barro. Se sacudió el polvo y resopló enfurecido.

—Dos contra uno; muy fácil, así cualquiera. Yo no estaría tan orgulloso —se pasó la mano por la frente y la cara, y se embadurnó todavía más—. Están locos —dijo dirigiéndose a Susi—. Dicen que irás con ellos a la escuela de formación profesional. Y sólo porque les he dicho que no era verdad... —Paul golpeó con uno de los tacones en la arena. Una pequeña nube de polvo se formó alrededor de sus pies—. ¡Y sólo por eso se ponen así de furiosos! —se pasó las dos manos por el cabello y salió polvo de él—. ¡Diles a estos idiotas que digo la verdad, Susi! Y luego... —Paul señaló con la mano a Ali—. ¡Tendrá que pagarme el billete de cien!

Susi estaba tiesa como un bastón.

Como congelada.

Paul la miraba expectante. Ali y Alexander también.

—Bueno, dilo ya —dijo Paul impaciente.

Susi se mordió los labios y tragó saliva.

—Bueno, ¿qué pasa? —Ali puso la mano sobre el hombro de Susi. Parecía muy sorprendido.

—¡No le des tanta emoción, vieja! —Alexander puso la mano sobre el otro hombro de Susi, tan sorprendido como Ali.

Susi volvió a tragar saliva; luego carraspeó y dijo:

—Tengo que hacerlo.

—¿Qué tienes que hacer? —preguntaron Alexander y Ali.

—Ir con él... —señaló con el dedo a Paul— al colegio...

Ali y Alexander quitaron rápidamente las manos de los hombros de Susi.

—No puedo hacer nada por evitarlo, de verdad que no —dijo Susi—. Me obligan —Susi miró a Alexander—. Pero no será por mucho tiempo. ¡Sacaré ceros hasta que me echen, y después iré con vosotros! —miró a Ali—. Cuando pase la Navidad, os lo aseguro —Susi dejó de hablar. No podía aguantar las miradas de Ali y Alexander. La miraban como si fuera un insecto horrible, con patas de araña, cuerpo de tarántula y cabeza de gusano.

—Eres lo más falso que he conocido —dijo Ali despectivamente.

—Os lo habréis pasado bien —dijo Alexander—. ¡Tiene gracia la cosa! Semanas enteras hablando con nosotros de quién se sentará a su lado y delante de ella, ¡y ya sabía con certeza que iríamos a distintos sitios! —señaló a Paul—. ¡Incluso él lo sabía; nosotros éramos los únicos que no!

Ali se volvió hacia Paul.

—Disculpa, Paul —dijo—. Lo siento —sacó del bolsillo del pantalón dos monedas de diez chelines—. ¡Ahí tienes! —puso las dos monedas en la mano de Paul—. De momento es lo único que tengo. Nunca pensé que podría perder la apuesta. El resto te lo pagaré a plazos.

Alexander lanzó a Susi una mirada envenenada; luego le dijo a Paul:

—El resto, que te lo dé tu querida compañera de clase. ¡La diversión que habéis tenido con nosotros digo yo que valdrá algo! —pasó un brazo por la espalda de Ali—. Vámonos, viejo —dijo—. ¡Vámonos de aquí! —Ali y Alexander salieron del parque sin saludar ni volver la cabeza.

—¡Están locos! —dijo Paul mirando las monedas en sus manos—. ¡Decir que tú tienes que pagar! ¡Qué tontería! —soltó una risotada—. ¡Jamás hubiera creído que el pobre turco me pagaría; nunca tiene ni un chelín! —Paul se guardó el dinero en el bolsillo del pantalón—. ¡Llega para dos helados; te invito!

—Eres el más idiota del mundo —le gritó Susi.

—¿Por qué? ¿Qué he hecho yo? —Paul estaba perplejo.

—¡Has estropeado todo, todo! —gritó Susi—. ¡Sólo por tu culpa!

—¿De qué tengo la culpa? —preguntó Paul.

—¡Ah, déjame en paz, idiota! —Susi le sacó la lengua y salió del parque corriendo.

Sabía que se había comportado injustamente con él. ¡Injustamente de verdad! Pero necesitaba insultar a alguien, gritarle y descargar su enfado.

¡Y en resumidas cuentas, en cierto modo, él también era culpable!

¿Por qué tenía que meterse donde no le llamaban? ¡El mequetrefe! ¡Seguro que Ali y Alexander no le habían preguntado nada! ¡Nunca hablaban con Paul! ¡Por meterse donde no le llamaban! ¡Claro! ¡Siempre lo hacía!

«Y si no se hubiera entrometido —Susi trataba de convencerse a sí misma—, esta misma tarde les habría aclarado todo a Alexander y Ali. Les habría dicho sencillamente que mis padres se lo habían pensado mejor. ¡Y que esta mañana me habían dicho que tenía que ir al maldito colegio! Y que hasta ayer por la tarde no tenía ni idea. ¡Seguro que me habrían creído!»

Resoplando como una locomotora, corrió a su casa. Cada tres resoplidos jadeaba:

—¡Sólo por su culpa! ¡Sólo por su culpa...!

Sus padres no estaban en casa. Encima de la mesita del vestíbulo, junto al teléfono, había una nota con la letra de su madre:

HEMOS IDO A CASA DE OTTO

Susi se alegró de poder estar sola. ¡Unos padres contentos era lo último que hubiera deseado! Fue a su habitación, cogió el osito de peluche, acomodó con dificultad su trasero en la diminuta sillita de mimbre,

sentó al osito en su regazo, le pasó la mano por la barriguita, colocó la cabeza entre sus orejas y se la humedeció con sus lágrimas.

—Soy tan infeliz... —dijo entre sollozos—. ¡Tan infeliz, tan desgraciada, tan desgraciada...!

El osito opinaba lo mismo. Gruñó. Aunque no tenía por qué hacerlo, pues estaba sentado en posición vertical y sólo gruñía cuando se le llevaba a la horizontal. O viceversa. Así estaba construido su mecanismo para gruñir. Y así se comportaba casi siempre. Sólo cuando Susi necesitaba su aprobación urgentemente gruñía sin tener en cuenta las posibilidades de su mecánica. Al menos, en esos casos, Susi lo oía gruñir. Otras personas, como sus padres, no lo apreciaban. Pero ¿cómo lo podían apreciar? ¡Ni siquiera se daban cuenta de que su hija estaba tristísima!

NO, angelito —dijo la madre levantando la ceja derecha y haciendo una mueca—. ¡Así no puedes ir! ¡No lo permitiré, no es posible!

—¡Vaya si lo es! —gritó Susi—. ¡Así o nada!

—¿Cómo no puede ir mi hijita? —el padre se acercó a la puerta de la habitación de Susi y asomó la cabeza.

—¡Con esta vestimenta! —el brazo de la madre señalaba de forma acusatoria.

—¡Ah, sí! —dijo el padre—. ¡Limpia, pero llena de remiendos! —y sonrió irónicamente.

Susi llevaba puestos sus vaqueros más viejos, remendados con rodilleras y una culera. Los remiendos también tenían agujeros. Y una camiseta que en otro tiempo había sido verde, con las mangas y el cuello dados de sí y un remiendo en la hombrera. No llevaba calcetines. Sólo unas sucias zapatillas de tenis grises. En la derecha, escrito con rotulador rojo: EL COLEGIO ES UNA BASURA. En la izquierda, escrito con bolígrafo verde: ODIO TODO.

—No te lo tomes a broma —le dijo la madre al padre—. Si aparece así en el colegio el primer día, ¿qué pensarán de nosotros los profesores?

—¿Por qué de nosotros? —él se dio una vuelta para que su esposa le viera bien—. ¡Yo soy un tipo elegante! Distinguido, ¿no es así?

Ella le sujetó por un hombro para evitar que siguiera girando.

—Ya me ocuparé yo de ti —le susurró—. ¡No te tomes todo siempre a broma! Unos padres normales no pueden permitir que su hija vaya por ahí vestida de esa manera. ¡Y menos el primer día de clase!

El padre quiso mostrar su conformidad y puso cara seria.

—¿No sería posible que mi hijita se cambiara de trapitos para complacer a su mamá? —preguntó a Susi.

Susi negó con la cabeza. ¿Por qué habría de complacer a alguien? ¿Acaso la complacían a ella? ¡Nadie! ¡Entonces...!

Su madre sacó del armario un vestido rojo. Era de batista fina, la falda hasta media pierna con cinco volantes, muy entallado y con tirantes cruzados en la espalda.

Como una perfecta vendedora, sostuvo el vestido delante de Susi.

—Éste es fantástico, angelito —susurró—. ¡Y sólo te lo has puesto una vez! —en el tono de voz se escondía un atisbo de queja—. ¡Y al fin y al cabo lo elegiste tú misma! ¡El próximo verano te estará pequeño!

—Tendréis que pasar por encima de mi cadáver —gritó Susi, arrebató el vestido de las manos de su madre y lo arrojó sobre la cama.

—¿Y por qué no buscamos una solución intermedia? —preguntó el padre.

—Ponte al menos otros pantalones —dijo la madre.

—¡Está bien! —Susi lanzó un suspiro—. ¡Pero los pantalones me los dejo puestos! —sacó una camiseta blanca del armario, se quitó el viejo trapo verde y se la puso. El padre se dio por satisfecho.

—Bueno, entonces vámonos —dijo—. ¡Estoy listo para partir!

La madre colgó, resignada, el elegante vestido rojo en el armario.

—¿No podrías al menos quitarte esas zapatillas? —preguntó—. Ponte las sandalias —dijo—. ¡Con las zapatillas de tenis te sudarán los pies!

Susi ignoró la observación y le dijo a su padre:

—No comprendo absolutamente nada. ¡No sé por qué te empeñas en llevarme! ¡Ya no soy ningún bebé al que tengan que acompañar al colegio!

—Sólo pretendía hacerte de séquito —dijo él—. ¡Ayer lavé el coche con ese exclusivo fin! —puso cara de marioneta triste—. ¡El coche también se alegrará!

«¡El coche también se alegrará! ¿Cómo puede papá hablar así? ¿Piensa acaso que soy un bebé? ¿Y de qué séquito habla? ¡Bobadas! Lo que quiere es ver si entro —pensó Susi—. ¡Tiene miedo de que haga novillos!»

—Papá se ha tomado dos horas libres —dijo la madre.

—¡*Okay*, vamos pues! —Susi se guardó el monedero en el bolsillo izquierdo del pantalón y el bolígrafo en el derecho. En el bolsillo de atrás metió un cuaderno de notas pequeño.

La verdad es que le daba lo mismo ir sola o que su padre la acompañara. Además, ningún otro compañero hacía el mismo trayecto hasta el colegio. Nadie la esperaba en la puerta de casa, ni en la esquina de la calle, ni en la parada del tranvía. Y suponiendo que se encontrara con alguien en el camino, no sería Ali ni Alexander, sólo algún imbécil con el que nada tenía que ver.

Delante del colegio no había ningún aparcamiento libre. Su padre tuvo que aparcar en doble fila.

—Que te vaya bien, hijita —dijo—. ¡Mucha suerte! —y se volvió hacia el asiento trasero esperando que Susi le diera un beso de despedida.

—Muchas gracias —dijo ella, bajó del coche, dio un portazo y le dejó sin el beso. Delante de la puerta había muchos niños. Pequeños y mayores, solos y en grupo. Una verdadera aglomeración. Susi descubrió a Michi, Martin y Verena entre el gentío.

Michi llevaba una chaqueta azul, unos pantalones grises, una camisa blanca y una corbata roja.

Martin llevaba un traje a rayas amarillas, verdes y negras y una camiseta negra. La chaqueta un poco arremangada, al estilo de *Corrupción en Miami.*

Verena llevaba un vestido de seda estampado. Le había crecido el cabello durante las vacaciones y se peinaba con una cola de caballo recogida con una cinta de color rosa.

«Gente pija —pensó Susi—. ¡Van emperifollados como si fueran a un estreno de ópera!»

En la parada, justo delante del colegio, se detuvo un tranvía. La puerta de delante se abrió y bajó Paul. ¡Paul con un traje tirolés de cuero!

«Claro —pensó Susi—. ¡Tiene que llamar la atención! ¡Podía venir en frac, como un pingüino!»

Susi no sentía el menor deseo de hablar con Paul. Pero tenía claro que él la abordaría enseguida. Por desgracia, Paul no era de los que se enfadaban tanto que no te volvían a mirar a la cara. Llegado el caso, sabía cubrirse con piel de elefante.

«Prefiero arrimarme a los tres pijos», pensó Susi.

Cuando pretendía abrirse camino entre el gentío, alguien le puso una mano en el hombro. Detrás de ella estaba la Turrón mirándola con ojos brillantes.

—Te estaba buscando todo el rato —dijo—. ¡Me alegro de encontrarte! —la Turrón señaló hacia la multitud—. Estaba con algunos antiguos compañeros. ¿No me has visto?

Susi negó con la cabeza. Le parecía poco educado decirle que ni siquiera la había buscado. Pero al menos la Turrón iba vestida normal. Llevaba unos pantalones a rayas, una sencilla camiseta y unas viejas zapatillas de tenis. La izquierda con cordón, la derecha no.

—La 1C está en la tercera planta —dijo la Turrón.

—¿Cómo lo sabes? —preguntó Susi.

—Porque mi hermano se examinó ayer y anteayer de matemáticas —dijo la Turrón—. ¡Y entonces le dije que mirara dónde estaba nuestra clase! —luego soltó un quejido—: ¡Ay! —alguien le había pegado un pisotón. Y añadió—: ¡La tercera planta está bien, muy bien! Porque la sala de profesores y la dirección están en la primera planta y los profesores oyen enseguida los follones que se forman en ese piso.

Susi observó cómo Paul se había arrimado a los tres pijos. Les hablaba y gesticulaba con las manos. «Apuesto a que les está contando alguna trola —pensó—. El primer día de clase toca contar embustes sobre las vacaciones. ¡Probablemente este año dirá que ha estado en China! ¡De América y África ya ha hablado otras veces!»

El gentío empezó a moverse en dirección a la puerta. Al parecer, el portero había abierto la verja grande. Susi y la Turrón fueron empujadas hacia adentro. Susi se dejó llevar de mala gana por los que venían detrás, subió tres escalones y atravesó la puerta.

¡Dentro olía de forma repugnante! Una mezcla de

olores: detergente barato, pies sudados, huevos podridos y polvo de tiza.

¡Y qué fealdad! El edificio era antiquísimo. Con desconchados en el techo. La pintura de las paredes estaba arañada y embadurnada de negro. De la pared colgaba una enorme placa de mármol. En letras doradas se podían leer muchos nombres. Delante de cada nombre figuraba una cruz mortuoria. Susi señaló a la placa y dijo a la Turrón:

—¡Ésos son los alumnos que se suicidaron aquí!

—¡Qué va! —gritó la Turrón—. ¡Son los alumnos que cayeron en la primera guerra mundial!

Susi puso los ojos en blanco. ¿Acaso pensaba que ella no podía leer? ¿O qué? ¡Ni siquiera era capaz de entender un chiste!

—¡Susi, Susi, eh, Susi! —se oyó la voz de Michi entre el gentío. Se esforzaba por llegar hasta ella sin guardar miramientos para con los pies de los demás compañeros—. ¡Al fin te encuentro! —dijo—. ¿Dónde te has metido? Te estábamos buscando. Hay que aclarar cómo nos sentaremos. Hasta ayer noche no volví de Grecia. El vuelo llegó con cuatro horas de retraso. Quise telefonearte, pero mi madre dijo que ya era muy tarde.

Michi se comprimió entre Susi y la Turrón.

—Hemos decidido que Verena se sentará junto a Martin, y Paul al lado de Gabi, delante de ellos. Y yo contigo, detrás de ellos. ¿Te parece bien?

—Nosotras dos nos sentaremos juntas —le dijo la Turrón a Michi.

—¿Cómo que tú? —Michi miró sorprendido a la Turrón.

La Turrón dio a Michi un golpecito en la barriga. Michi tropezó con algunos niños al retroceder y gritó:

—¿Eres imbécil, Turrón?

El hueco abierto entre el gentío se volvió a cerrar, Michi se esfumó.

—¡Ni caso! —dijo la Turrón.

Delante, junto a la escalera, se había formado una aglomeración de alumnos. Justo al lado de la escalera había un tablón de anuncios donde se informaba en qué planta estaba cada clase. La Turrón sacó a Susi del grupo y la condujo escaleras arriba.

—Vamos, deprisa —dijo—. ¡Si llegamos las primeras, podremos escoger el mejor pupitre de la clase!

Susi subió corriendo las escaleras junto a la Turrón. La verdad es que no tenía prisa por conseguir el mejor pupitre, porque ningún pupitre en aquella repugnante aula podía ser mejor que otro.

Sólo quería escapar del gentío. Odiaba las aglomeraciones de gente. Aunque los concentrados fueran de su agrado. Pero en este caso ni siquiera era así.

((¡Página 48!))

CAPÍTULO 6

NO TODOS QUIEREN SER NIÑOS DE LA PANIGL

A las ocho menos cinco, todos los alumnos ocupaban ya sus sitios en la 1C. Tres asientos, uno en la primera fila de pupitres y dos en la última, quedaron libres.

La Turrón había elegido un pupitre en la fila de la ventana, el tercero empezando por delante. Se reservó para ella el sitio más cercano a la ventana.

—Me gusta mirar por la ventana —le dijo a Susi.

—No hay nada que ver, sólo aire, y detrás más aire —contestó Susi.

Las casas de enfrente eran de una sola planta. Sentado no se podía ver absolutamente nada de ellas, ni de sus patios y jardines.

—Pero cuando esté nublado —exclamó la Turrón— y se pueda ver cómo pasan las nubes, o cuando empiece a llover, entonces será mucho, muchísimo más interesante que la cabeza del profesor.

Susi pensó que era la primera frase razonable que había oído de la Turrón.

En el pupitre de al lado, en la fila del centro, se sentaba Michi. Como compañera de pupitre tenía a Ulli. Y le preocupaba enormemente que Susi compartiera el pupitre precisamente con la rara de la Turrón, en vez de con él. Quiso que Susi se lo explicara.

—¿Te has hecho amiga íntima de ella durante el verano? —preguntó—. ¡Antes no eras su amiga! —dijo—. ¿O es que tienes algo contra nosotros?

Susi no hizo caso de sus preguntas. Dijo simplemente:

—¡Da lo mismo con quién se sienta uno! ¡A mí por lo menos!

—¿Desde cuándo? —preguntó Michi—. Antes no te daba lo mismo.

—Por supuesto —mintió Susi—. ¡Siempre!

Nada más sonar la campana, entró una señora gorda en el aula. Tenía el pelo teñido de color rojizo, la cara muy maquillada y toda su enorme humanidad estaba embutida en un ajustado vestido de punto. Iba tan apretada, que los perfiles de su vientre y de sus senos parecían enormes huevos estampados.

La mujer se dirigió a la pizarra. Hizo una reverencia a los alumnos de la 1C.

—Soy Luise Panigl —dijo—, cuarenta años, casada, dos hijos, dos gatos y un canario.

Los alumnos soltaron una carcajada. Sólo Susi permaneció callada. «Es fácil divertir a estos idiotas», pensó llena de rabia.

—Doy clase de lengua e inglés —añadió— y seré vuestra tutora. ¡Estoy contenta de ello y procuraré que vosotros también lo estéis!

—¡Qué suerte! —susurró la Turrón al oído de Susi—. La Panigl es la mejor profesora que nos podía tocar.

«Vaya idea que tiene ésta de la suerte», pensó Susi.

Se quedó absorta mirando a Luise Panigl, e ignoró un ligero golpecito de la Turrón que esperaba una respuesta.

—Estoy a vuestra disposición para todo —continuó Luise Panigl—. Conmigo podéis protestar, llorar y mostrar vuestro descontento. Pero espero que nos lo pasemos muy bien.

—¿No te he dicho que es estupenda? —la Turrón dio a Susi un codazo en la espalda. Susi seguía sin reaccionar.

—Y ahora —Luise Panigl miró la lista que llevaba— me gustaría conoceros uno por uno. Para hacerlo más sencillo, empezaré por la letra A. ¿De acuerdo?

—Ahamer, Ulrike —leyó en voz alta. Ulli se puso de pie. Luise Panigl la examinó minuciosamente.

—Ulli, por favor —dijo Ulli.

—¡*Okay*! —Luise Panigl inclinó la cabeza en señal de aprobación—. Ulli, Ulli, Ulli, Ulli —repitió en voz baja—. ¡No es nada fácil aprenderse treinta nombres de una vez! —hizo a Ulli un movimiento afirmativo con la cabeza y se volvió a sentar.

—Dirninger, Katharina —dijo Luise Panigl. En la primera fila de pupitres se levantó una chica con una coleta larga y rubia.

—¿Y cómo te llaman a ti? —preguntó Luise Panigl.

—Bumfi —dijo Katharina Birninger.

Los alumnos de la 1C lo encontraron divertidísimo. Todos, menos Susi, rieron. Michi lo hizo de tal forma que se habría caído de espaldas con la silla si Ulli no le hubiera sujetado.

—¿Puedo yo también llamarte Bumfi? —preguntó Luise Panigl.

Katharina Birninger titubeó, luego dijo:

—En realidad, preferiría que me llamara Kathi.

—*Okay*, Kathi —dijo Luise Panigl. Volvió a mirar la lista de clase—. Cernohorsky, Henrietta —leyó en voz alta.

La Turrón se levantó de la silla como un resorte, lanzó una mirada radiante a Luise Panigl y, poniéndose como un soldadito de plomo, gritó:

—¡Todos me llaman Henni!

—¿Tienes algo que ver con Albert, de la 7A, Henni? —preguntó Luise Panigl.

—Es mi hermano —dijo la Turrón.

—Te acompaño en el sentimiento —dijo Luise Panigl.

—No importa —dijo la Turrón—. ¡Yo no le pongo ceros, conmigo es cariñoso! —la Turrón se volvió a sentar.

Cuando le llegó el turno a «Huber, Susanne», Susi se levantó de mala gana. No se incorporó del todo; simplemente alzó el trasero unos centímetros de la silla.

—Mi hija pequeña también se llama Susanne —dijo Luise Panigl—. La llamamos Susi. ¿Cómo quieres que te llamemos?

—Huber —dijo Susi. Se le ocurrió de repente. Sin pensarlo.

Luise Panigl y toda la clase miraron a Susi asombrados, y Michi siseó:

—¡Está como una cabra! ¡Le falta un tornillo!

—¿Solamente Huber, nada más que Huber? —preguntó Luise Panigl.

Susi movió la cabeza afirmativamente.

—¿No es un poco impersonal? —Luise Panigl se quitó las gafas y miró a Susi detenidamente—. Me

53

gustaría dirigirme a todos mis niños con su nombre de pila —dijo.

«Yo no soy tu niña», pensó Susi. Le resultaba muy desagradable sentirse observada por todos.

—Entonces, ¿de verdad, sólo Huber? —quiso asegurarse Luise Panigl.

Susi volvió a mover la cabeza afirmativamente. Luise Panigl se puso las gafas de nuevo.

—*Okay*, Huber —dijo en voz baja, y Susi volvió a poner el trasero sobre la silla.

Mientras Luise Panigl conocía al resto de los alumnos de la 1C, Michi cuchicheaba con Ulli, y Paul con Verena. Susi no podía entender todo. Pero oyó claramente decir a Michi:

—¡Algo le ha debido trastornar la cabeza durante las vacaciones! ¡Se sienta con esa ridícula, y quiere que la llamen Huber!

Y escuchó a Paul:

—¡Ya se le pasará; tiene días que no se soporta ni ella misma!

Después de que Luise Panigl se hubiera puesto al corriente de que un tal Konrad Nervel respondía también al nombre de «Nervios» y que no tenía ningún inconveniente en que se le siguiera llamando así, anunció que el día siguiente sólo habría dos horas de clase: lengua e inglés. Bajo su tutela.

Luego sonó la campana, Luise Panigl deseó a los alumnos de la 1C que el día siguiera siendo provechoso y salió de la clase.

—¿Qué? —la Turrón miró a Susi con ojos de búho—. ¿No es una mujer estupenda? Tan normal, ¡nada emperifollada.

—Lo importante es que te haya caído bien —dijo Susi.

—¿A ti no? —preguntó la Turrón asombrada.

—No —dijo Susi. No quiso admitir que la tutora no se había comportado tan mal. Se consoló con la idea de que el primer día de clase no se puede opinar.

«El primer día siempre se comportan amablemente. Incluso nuestra antigua profesora de trabajos manuales, la supergruñona, interpretó el papel de abuelita cariñosa. ¡Cómo son los profesores, en realidad,

no se sabe hasta mucho después! Y además, cuando una va vestida como esa Luis Panigl... —pensó Susi— !Un embutido con lunares es lo que es!»

Susi no pudo seguir con sus censuras a Luis Panigl porque Paul gritó:

—Eh tú, Huber, cuando vaya esta tarde a tu casa, te vas a asombrar. Mi padre me ha regalado un juego nuevo. ¡De película! ¡Uno de detectives y asesinos!

Susi se levantó de un salto, metió el cuaderno de notas en el bolsillo del pantalón y salió de la clase. ¡Lo que faltaba: tener visita de Paul el primer día de clase! ¡Era miércoles! Y su madre y la de Paul habían decidido que el miércoles era día de visita. ¡Pero eso fue el curso pasado! ¡No tenía por qué seguir siendo así después de las vacaciones y para siempre!

Y tampoco prestó atención al «¡Eh, espera un momento!» de la Turrón. No tenía ningunas ganas de seguir escuchando alabanzas de Luise Panigl. ¡Cuando ni siquiera tenía argumentos en contra! Algunos kilos de más en un vestido demasiado ceñido no eran argumento suficiente. Y eso lo sabía Susi. ¡No tenía por qué oír los reproches de la Turrón!

CAPÍTULO 7

UNA CARTA NO SE PONE COLORADA

LA TURRÓN	UNA CHICA COMO A CUALQUIERA LE GUSTARÍA SER	ALÍ	LA MADRE

BLA BLA blabla BLA BLA BLA BLABLA BLA.BLABLA BLABLABLA

¡¡¡UFF!!!

YO EN TU LUGAR...

¿ESCRIBIR UNA CARTA?

¡¡¡ESCRIBIR UNA CARTA!!!

...UNA CARTA NO SE PONE COLORADA, UNA CARTA NO TARTAMUDEA, UNA CARTA NO SE ECHA A LLORAR....

¡¡¡A UNA CARTA NO LE PALPITA EL CORAZÓN!!!

APENAS había salido de la clase cuando la Turrón ya estaba a sus espaldas. Susi corrió hacia la escalera y bajó los escalones al galope, pero la Turrón la alcanzó en la puerta.

—Te acompaño a casa —dijo—. No tengo nada que hacer hasta las doce y media. A esa hora llega mi madre. Trabaja por las mañanas en la oficina de un notario.

«Nunca he conocido a nadie que se me haya pegado así —pensó Susi—. ¡Incluso Paul puede aprender algo de una persona como ésta!»

—Lo siento —mintió—. ¡Pero he quedado con mi padre, tengo que ir a recogerle a la oficina!

La Turrón quiso acompañar a Susi hasta la oficina de su padre.

—Imposible —mintió Susi—. Tengo que coger el tranvía y luego el autobús; está en la otra punta de la ciudad.

La Turrón se dio por satisfecha con poder acompañar a Susi hasta la parada y esperar con ella el tranvía. Durante la espera no paró de hablar. Cuando por fin llegó el tranvía y Susi se subió a él, conocía con todo lujo de detalles la vida de la familia de la Turrón y podía dar explicaciones de todos sus pensamientos. La Turrón tenía, además de su hermano Albert, una hermana de veinte años. El padre de la Turrón no era ni por asomo, como pretendía Paul, fabricante de turrón, sino propietario de una cafetería, en donde había trabajado hasta hacía un año la madre. Pero habían discutido mucho entre ellos y la madre de la Turrón se había buscado el empleo con el notario.

—Si no, habría tenido que separarse —aclaró la Turrón—. Pero ahora va la cosa mejor, porque al mediodía, cuando mamá llega a casa, papá se va a la cafetería. Y cuando él regresa, mamá ya está durmiendo. Así que no se ven nunca. Sólo pueden pelearse los martes porque es el día que cierra la cafetería.

Un rato después, Susi se enteró de que la Turrón tenía un perro enorme, de raza indefinida, que se llamaba Atila, pero no vivía en su casa, sino en la cafetería.

A la Turrón se le daban las matemáticas estupendamente. En cambio, la lengua, fatal. Y ya se había roto la pierna tres veces. Y le daba miedo la oscuridad. Y sus dos mejores amigas se habían cambiado a otro colegio: una porque se había trasladado a otro lugar, y otra porque sus padres preferían que fuera a un colegio mejor.

A Susi le zumbaban los oídos de oír el parloteo de la Turrón. Avanzó por el repleto tranvía desde la puerta trasera hasta la salida delantera. Lo consiguió antes de llegar a la siguiente parada.

Allí se apeó. La parada estaba detrás del parque, cerca de la piscina infantil. Tres manzanas más adelante, en la siguiente bocacalle, estaba la escuela de formación profesional.

Susi vio a Rudi Beran y Helgo Pivonka cruzar la calle. Los dos habían ido con ella a la escuela primaria. A una clase paralela. La saludaron con la mano. Susi contestó al saludo. ¡Si ellos venían de la escuela, es que Ali y Alexander también habían salido! Susi subió la calle a paso lento hasta la esquina donde estaba la escuela. Se puso a mirar un escaparate. Lo que había allí no le interesaba en absoluto, ya que se trataba de una tienda de artículos sanitarios. Una silla de ruedas, dos orinales, algunos bragueros, corpiños ortopédicos y medias elásticas en todos los tamaños. Pero en el escaparate había también un espejo por el que Susi podía observar muy bien el cruce de las calles.

Después de Beran y Pivonka apareció un grupo de niños mayores. Después, Susi vio a algunos chicos y chicas que conocía del parque. Y a su vecina Gabi. Y a Wickerl, con el que había ido al jardín de infancia. Luego ya no llegó nadie más, a excepción de un anciano con una bolsa de la compra.

Cuando Susi se disponía a abandonar su puesto de observación, aparecieron Ali y Alexander. No iban solos. En medio de ellos, una chica de pelo oscuro cruzaba la calle dando brincos. Una chica muy guapa, así al menos le pareció a Susi. Nunca la había visto. Ni en la escuela primaria ni en ningún otro sitio. Tenía el pelo corto y rizado y la piel muy bronceada. Vestía vaqueros y camisa y calzaba unas chanclas. Susi no descubrió en ella ni el más mínimo detalle que no le gustara. ¡Era una chica como a cualquiera le gustaría ser! Los tres se detuvieron en el cruce. La chica de cabello oscuro tenía una risa ruidosa. Ali se reía a carcajadas. Alexander le tiró de los pelos, le manoseó una oreja y después levantó el brazo con el puño cerrado. Ella saltaba sin dejar de reír e intentaba bajar el brazo de Alexander. Susi pensó: «¡Ya le ha quitado el pendiente! ¡Mira que le gusta hacer esas gracias!».

Por fin consiguió agarrar el puño de Alexander, pero se le salió la chancla del pie derecho. Fue a parar a la acera, rodó hasta la alcantarilla y un chaval que pasaba por allí la tomó como un balón y de una patada se la envió a otro que estaba calle abajo. Éste siguió dando pataditas a la chancla. A la chica morena parecía divertirle. Se puso sobre una pierna como una cigüeña, lanzó unas risitas y se volvió a colocar el pendiente.

—Enseguida te la traigo, Tina —gritó Ali, y corrió detrás de la chancla.

«¡Entonces, se llama Tina! ¿Martina? ¡Christina? ¿Cómo, si no?»

Tina se quitó la otra chancla, se la dio a Alexander y corrió descalza tras Ali.

Alexander se quedó en la esquina, esperando con la chancla en las manos. Susi le miraba fijamente, pero no a través del espejo. Se había dado la vuelta.

Pero Alexander no la veía. Miraba calle abajo cómo Ali y Tina regresaban a paso lento. Tina levantó la chancla con gesto triunfal.

«Pronto me han encontrado una sustituta», pensó Susi. Siguió caminando con la cabeza erguida sin mirar ni a derecha ni a izquierda. ¡Ahora, Alexander tendría que verla! ¡Y Ali también! ¡No eran cortos de vista! Pero ni Ali ni Alexander la llamaron, ni un saludo, ni un «Oye, Susi», ni un «Vuelve, Susi». ¡Así era! ¡Lo que importaba era tener una amiga! Daba lo mismo cuál. Eso no importaba. Ya no era Susi, ahora era otra. ¡Y por la pinta que tenía esa Tina, no había sido un mal cambio!

Susi torció por una calle lateral y a paso rápido se dirigió a casa. Con lágrimas en los ojos.

«Todos los hombres son unos sinvergüenzas», solía decir la tía Cilli, y lo decía en serio. Pero que chavales de diez años fueran hombres también, no lo había creído Susi hasta aquel momento. Ahora estaba convencida de ello.

Los siguientes días, Susi conoció a siete profesores más, aparte de Luise Panigl, y tuvo que oír la opinión de la Turrón sobre ellos. La Turrón estaba muy orgullosa de que su hermano la tuviera tan bien informada: el profesor de matemáticas era «exigente y no sabía explicar», la profesora de dibujo no sabía «imponerse» y era una «pobre gallina», el profesor de biología era «grosero» y el profesor de música un «caso trágico». Según decían, su mujer y sus tres hijos le habían abandonado, y esto le había llevado a un «desequilibrio psíquico». Al resto de los profesores, la Turrón los consideró como «mediocres».

Susi pensaba que todos eran mediocres. ¡Comparados con su querida, simpática e inteligente profesora de la escuela primaria, eran unos inútiles que no tenían nada que decir! ¡No valía la pena ni hablar de ellos!

Esto desesperaba a su madre. Todos los días, a la hora de la comida, cuando Susi volvía del colegio, ella le preguntaba por los profesores. Quería saber cómo se llamaban, qué apariencia tenían, cómo se comportaban. Susi no daba ninguna información sobre ellos, simplemente decía con enfado:

—¡Ya conocerás a esos inútiles el día de la reunión de padres!

—Angelito, eres testaruda como una mula —protestaba la madre—. Tan poco comunicativa como tú, no hay otra.

Susi tampoco era muy comunicativa cuando había que hablar sobre Alexander y Ali. Todos los días su madre le preguntaba por los dos. Hacía como si no supiera de qué iba la cosa. Sin embargo, lo sabía perfectamente. No en balde tenía un fantástico informador: Paul. Paul iba de visita todos los miércoles, lo mismo que antes de las vacaciones. Se dejaba atiborrar de pasteles y hablaban de todo lo imaginable. A veces jugaban a las cartas. Susi seguía protestando por aquella visita, como ya lo hiciera antes de las vacaciones.

—Ya no es mi amigo —le dijo un día a su madre—. ¡Hace mucho que no lo es!

Pero ella le contestó que no podía prohibirle la entrada en casa. Ya era suficientemente lamentable que Susi no se ocupara de él. Además era amiga de la madre de Paul. Y Paul era un pobre chaval, que necesitaba cariño. El padre de Susi también era de la misma opinión. Tenía a Paul por un chico confuso e inseguro que no sabía nada de la vida.

Sus padres tenían razón, pensó Susi, pero eso no quitaba que Paul fuera un chulo y un camorrista. Un auténtico pendenciero y respondón.

Antes, mucho antes, de pequeño, Paul era cariñoso. Después se había trasladado con sus padres al campo. Y cuando regresó, dos años más tarde, sin su padre, sólo con su madre, ya no había quien le soportara.

«Está bien —se decía Susi—, es infeliz porque sus padres están divorciados. Y además tuvo que separarse de sus animales y de los amigos con los que estaba tan a gusto. Y su gran problema es que quiere mucho a su padre y le gustaría vivir con él.»

Pero aquél era el gran conflicto de Susi: no podía entender que Paul deseara estar con su padre, porque a ella nunca le había gustado. Era un tipo antipático. Había llegado incluso a pegar a su hijo. Y nunca estaba de buen humor. ¿Cómo se podía añorar a un padre así? Debería estar contento de poder perderlo de vista. ¿Y cómo se podía haber convertido precisamente en un chulo y un camorrista por nostalgia de un padre antipático? Y además hacía ya mucho tiempo que Paul había abandonado el campo. Uno no podía estar lamentándose toda la vida e intentando convencerse de que antes todo era tan maravilloso. ¡Resultaba una estupidez!

Ali no andaba contando por ahí lo bien que estaba cuando vivía en Turquía.

La madre de Susi decía que Paul mitificaba su pasado en el campo porque al volver a la ciudad no había encontrado ningún amigo verdadero. Y al ver que nadie le quería, se comportaba de forma antipática. A Susi le parecía una tontería. Era un círculo vicioso. Como nadie le quería, se hacía el antipático, y al comportarse como un antipático, nadie le quería.

En cualquier caso, estaba claro que Paul se comportaba de forma antipática.

A la madre de Susi no le molestaba. Ni siquiera le molestaba la chulería de Paul.

—Lo que quiere es impresionaros —decía.

—Pero ¿qué se propone contando que ha pasado las vacaciones en China? —dijo Susi—. ¡A mí! ¡Cuando yo sé que estuvo con su madre en Italia! ¡Te digo que es tonto!

—Puede ser —contestó su madre—, pero ahí puedes ver lo desconcertado que está.

Había que tener paciencia con Paul, decía su madre. Y mucha tolerancia. Y ella sabía que Susi no tenía ni lo uno ni lo otro. Pero en vez de enfadarse, tendría que alegrarse de que ella se preocupara de Paul. En cualquier caso, Paul le había contado lo de la apuesta con Ali y se había quejado de Susi. Por cierto que también contó que había dejado K.O. a Ali y Alexander. Cuando se quejó de Susi no mintió, había contado la pura verdad, y quería saber qué podía haber hecho de malo para que Susi le insultara de aquella manera. Él, lamentablemente, no lo entendía. Como ella era bastante más inteligente que Paul, lo comprendió enseguida. Por eso intentaba todas las tardes hablar con Susi sobre Alexander y Ali, pero sin mencionar que ya estaba enterada de todo.

—¿Cómo podéis ser así? —preguntó la madre—. ¡Una amistad tan estrecha no puede desaparecer de repente por un motivo tan insignificante!

Susi resistió todos aquellos bien intencionados intentos de conversación hasta el viernes de la segunda semana de clase y lo hizo pensando: «¡Que se vayan al diablo!». Pero ese día, cuando volvía a casa en compañía de la Turrón, vio a Ali en la calle.

Iba cargado con una bolsa del supermercado en una mano y una pesada cesta en la otra. Probablemente no había ido a la escuela. Quizá alguno de sus hermanos pequeños estaba enfermo y no había podido ir a la guardería. Y Ali había tenido que quedarse a cuidarlo. A Susi le palpitaba el corazón mientras le veía acercarse.

—Mira, el turco de tu clase —dijo la Turrón, y añadió en tono reflexivo—: La verdad es que es guapo, para quien le gusten los morenos; yo prefiero los rubios.

Cuando Ali se encontraba a tres casas de distancia de ellas, dijo la Turrón:

—¿No era amigo tuyo?

Susi no contestó. Raras veces contestaba sus preguntas, pero a la Turrón eso no le molestaba lo más mínimo. Le pasaba inadvertido. Demasiadas y detalladas respuestas hubieran dificultado en gran medida su verborrea.

En el lugar donde Susi y Ali se encontraron había un enorme camión de mudanzas. Tenía dos de sus ruedas sobre la acera, de forma que ocupaba la mitad de la misma. Ali no tenía otra alternativa que detenerse delante de Susi y la Turrón.

—Hola, Ali —dijo Susi, y habría querido mandar a la Turrón al diablo.

«Sin la compañía de la Turrón —pensó—, me resultaría más fácil hablar con Ali.»

A la Turrón, en cambio, le resultaba más fácil hablar en compañía de Susi.

—¿Te va bien en la escuela? —preguntó—. ¿Tenéis mucho que estudiar? ¿Está Hilla en tu clase? ¿Sois muchos?

Ali contestó «Sí» y «No» y «Sí» y «No».

Después preguntó a Susi:

—¿Qué tal estás?

—Así, así —contestó Susi.

La Turrón habló a Ali del profesor de matemáticas, de que ponía muchos ejercicios para casa y que pronto tendrían problemas si las cosas no cambiaban. Mientras la Turrón no paraba de insultar al profesor, Susi miraba a Ali, y Ali miraba a Susi.

Cuando la Turrón hizo una pausa para tomar aliento, Susi preguntó a Ali:

—¿Y cómo le va a Alexander?

—Así, así —dijo Ali.

Susi se quedó sin saber si Ali quería añadir algo sobre Alexander, porque la Turrón volvió a recuperar el aliento y siguió insultando al profesor de matemáticas. Parloteó sin parar hasta que Ali dijo:

—¡Tengo que volver a casa; si no, mi paciente protestará! —saludó a ambas con la cabeza, se abrió paso entre Susi y el camión de mudanzas y siguió su camino.

Susi llegó tan deprimida a casa que necesitó el consuelo de su madre. Le contó con todo detalle sus problemas con Ali y Alexander. Incluso llegó a decirle que ya no tenía sentido hacerse la tonta y coleccionar suspensos, ahora que Ali y Alexander tenían una nueva amiga.

La madre se alegró mucho de que Susi llegara a

aquella conclusión. Pero aseguró que el que Susi hubiera visto a Ali y Alexander con una chica no quería decir nada. ¡Sin duda se trataba de una compañera de clase! ¡No había por qué estar enamorado de alguien para pasárselo bien con él! Y quizá Ali y Alexander ya se habían peleado con Tina. Al fin y al cabo, ya hacía más de una semana de aquello.

—Yo, en tu lugar —dijo la madre—, volvería al parque y vería lo que pasa.

Susi no quería. Ir al parque, sentarse en el banco y esperar si Alexander y Ali querían volver a hablar con ella era humillante. No podía hacerlo.

—Entonces, escríbeles una carta —propuso la madre—. Escribe lo que ha pasado. Lo mismo que me has contado a mí. Tendrán que entenderlo.

A Susi le gustó aquella solución. ¡Lo de la carta era una buena idea! Una carta no tartamudea, una carta no se pone colorada, una carta no se echa a llorar, a una carta no le palpita el corazón. Pero escribir una carta bonita no era cosa fácil.

—¿Me la podrías escribir tú? —preguntó Susi.

Pero su madre no quiso. Ali y Alexander no valorarían una carta así, afirmó.

—No tienen por qué saber que no la he escrito yo —dijo Susi.

—Entonces no sería sincero —contestó la madre—. ¡Estarías mintiendo otra vez!

Susi suspiró, metió una carga nueva en la estilográfica, cogió su lujoso papel de cartas, el de los márgenes floreados y el olor a rosas, y se dispuso a realizar la difícil tarea.

¿ME LA PODRÍAS ESCRIBIR TÚ?

Pero escribir una carta bonita no es cosa fácil.

—¡Escribe lo que sientas! —dijo su madre—, ¡eso siempre da buen resultado!

—Qué fácil es hablar —murmuró Susi. Hubiera preferido hacer treinta problemas de matemáticas a escribir aquella carta tan difícil.

CAPÍTULO 8

EL REGLAMENTO DE CORREOS

SUSI no consiguió escribir la carta el viernes, ni el sábado. Y tampoco el domingo. Utilizó todo el papel de flores y el resto que quedaba del viejo papel azul con la dirección de sus padres en la esquina superior derecha. Y diez pliegos dobles del papel para cartas de su madre. El domingo por la tarde, la papelera de Susi estaba repleta de papeles.

¡Ya el encabezamiento resultó un gran problema! QUERIDOS AMIGOS sonaba amanerado. Nunca antes les había dicho «queridos amigos» cuando se encontraba con ellos. Así que tampoco tenía por qué escribirlo. QUERIDO ALEXANDER, QUERIDO ALI tampoco le parecía bien. ¿Por qué primero Alexander y después Ali? QUERIDO ALI, QUERIDO ALEXANDER era igual de malo, sólo que al revés. Se nombra primero al más importante. Susi no quería hacer distinciones entre ellos. ¿Y a quién enviaría la carta? Finalmente decidió escribir dos cartas con el mismo texto. Así ninguno se podría molestar.

Pero únicamente había solucionado el problema más pequeño. Mucho más difícil era encontrar frases que expresaran lo que ella quería. No sólo no se le ocurrían frases bonitas, sino que no se le ocurría ninguna. Todo lo que pensaba sonaba tonto, era inútil y la mayoría de las veces ni siquiera correcto.

Durante la noche del domingo al lunes, en un cuarto de hora de insomnio, Susi consideró que no necesitaba escribir ninguna carta. Podría grabar una casete con su voz. En ese cuarto de hora de desvelo pensó que escribir era más difícil que hablar.

El lunes por la mañana ya no pensaba lo mismo. Se pasó diez minutos sentada delante de la grabadora con el micrófono en la mano. Apretaba el botón de grabación y carraspeaba, apretaba otra vez el botón y volvía a carraspear, y así sucesivamente. Luego cayó en la cuenta de que Ali no tenía grabadora y la de Alexander estaba averiada. Aliviada, sacó la casete de la grabadora y decidió que la única posibilidad eran las dos cartas.

A la salida del colegio, compró papel de carta blanco. También compró dos calcomanías. Una con un paisaje para Ali y otra con un coche de carreras para Alexander. Toda la tarde estuvo posponiendo la escritura de la carta. Se pasó una hora repasando el vocabulario de inglés, que ya se sabía de memoria desde hacía tiempo. Luego se le metió en la cabeza que sus cuadernos no estaban bien forrados y les estuvo poniendo tapas nuevas. Más tarde se puso a ver la televisión. Hasta después de la cena no se sentó en la mesa de trabajo. Escribió QUERIDO ALI debajo del paisaje y QUERIDO ALEXANDER debajo del coche de carreras, y se puso a mirar fijamente el paisaje y el coche y a mordisquear la pluma estilográfica, que después parecía una cáscara de nuez. Finalmente lanzó un suspiro y metió los dos pliegos en el cajón de la mesa. Cogió otro y se puso a escribir una carta a la abuela. Una carta normal, de nieta a abuela. Fue fácil, no le costó ningún trabajo. La abuela se iba a alegrar mucho cuando la recibiera. La niña pensó que al menos había servido para algo sentarse a la mesa.

El martes, Susi no tuvo tiempo para escribir cartas. El profesor de matemáticas le había puesto diez ejercicios. Susi estuvo dos horas trabajando y renegando y resolvió nueve. Con el décimo no pudo. Lo calculó una docena de veces y siempre le salía que un trabajador ganaba 37 chelines a la hora. ¡Eso no podía ser verdad!

Pidió ayuda a su madre. Por desgracia, ella tampoco era una experta en matemáticas. Hizo cálculos y más cálculos y siempre obtenía como resultado que un trabajador ganaba 3.498 chelines por hora. Lo que, por otra parte, tampoco podía ser cierto. Susi quiso dejarlo. El ejercicio de matemáticas era para dos días después. Pero para su madre se había convertido en una cuestión de orgullo.

—No soy ninguna imbécil —dijo, y continuó calculando—. ¿Cómo no voy a ser capaz de resolver ejercicios de primer curso?

Susi telefoneó a la Turrón, más que nada por liberar a su madre del mal trago. La Turrón nunca tenía dificultades con las cuentas. Apenas Susi mencionó que se trataba de un problema de matemáticas, la Turrón gritó «Voy para allá», colgó el auricular y cinco minutos más tarde se presentó en la casa. Y otros cinco minutos después estaba claro, tanto para Susi como para su madre, que un trabajador ganaba 80 chelines a la hora, y por qué era así.

A la Turrón ni se le pasó por la imaginación regresar a casa después de aquella clase particular. Se acomodó en la habitación de Susi.

—Hacía tiempo que tenía ganas de venir a tu casa —dijo con franqueza—, pero no sabía si te parecería bien. He esperado hasta que me invitaras.

Invitar, lo que se dice invitar, ahora tampoco lo había hecho. Pero, en el fondo, Susi no tenía nada en contra de la presencia de la Turrón. Ya se había acostumbrado a su parloteo. La Turrón era bastante aceptable. En cualquier caso, no era tan odiosa como pensó cuando la conoció en el parque.

El miércoles, Susi volvió a sacar los dos pliegos de carta del cajón del escritorio. Consiguió escribir una frase en cada carta: ESTOY TRISTE PORQUE YA NO SOMOS AMIGOS. Luego llegó Paul, y Susi se apresuró a meter las cartas en el cajón. Era lo que faltaba, que Paul se enterara de a quién escribía.

Susi se pasó toda la tarde tumbada en la cama leyendo. Rechazó la invitación de su madre para jugar a las cartas con ella y Paul. Tampoco aceptó la invitación de Paul para ver la televisión con ellos dos.

—¡Qué chica tan aburrida! —dijo Paul cuando Susi rechazó la invitación. Luego, Susi oyó que le decía a su madre—: ¿Por qué no querrá saber nada de mí? ¿Por qué se porta tan mal conmigo? Ni siquiera me deja entrar en su habitación: me lanza miradas envenenadas cuando me acerco a la puerta.

Y su madre contestó:

—No es así, querido Paul; sólo son imaginaciones tuyas. A ella le encanta leer. Quizá el libro es tan interesante que no puede interrumpir la lectura. ¡No tiene nada en contra de ti, puedes creerme!

Todas las semanas, la madre encontraba una nueva excusa para explicar por qué Susi no tenía tiempo para Paul. Eran siempre tan lógicas que Paul se las creía. También se lo creyó esta vez.

—Sí —afirmó—, cuando estoy leyendo tampoco me gusta que me molesten. ¡Ayer me pasé toda la noche leyendo con una linterna debajo de las sábanas, hasta las siete de la mañana; luego me levanté!

«¡Dios mío! —pensó Susi—. ¡Leyendo hasta el amanecer! Y debajo de las sábanas. Este tío no es normal. Una persona normal mentiría de tal manera que los demás pudieran creer lo que dice. Quien cuenta mentiras que nadie puede creer, no está en su sano juicio.»

El sábado Susi terminó las dos cartas. Pero los textos no eran iguales, como en principio había planeado.

Querido Ali:
Me gustaría volver a ser amiga tuya. Te echo mucho de menos. Cuando nos encontramos el otro día quise decírtelo, pero como estaba allí la Zurrón, no lo hice, porque ella no tiene por qué saberlo todo. Llámame por teléfono, por favor, espero que lo hagas.
Tu Susi

La carta para Alexander era mucho más larga.

Querido Alexander:

Mamá dice que una amistad no puede deshacerse y ponerse patas arriba cuando se ha sido verdaderamente amigo. Al principio de las vacaciones me dijiste que nos hiciéramos novios. Y no lo hicimos porque yo pensaba que era tonto. Y porque Ali podría haberse molestado. Y ahora ni siquiera me miras. Me parece fatal.

Lo del colegio quería habértelo dicho el día que te enteraste por Paul. En realidad no os he mentido, yo misma no quería pensar en ello. Es una cosa muy distinta, y no hay ningún motivo para que ya no te guste. Yo también podría hablarte de veces en que tú tampoco me has dicho la verdad. Si me quisieras de verdad, no te importaría en absoluto, porque el amor verdadero no tiene barreras, no toma nada a mal y traspasa las fronteras.

Estoy muy decepcionada.
Tu todavía enamorada
Susi ♡

P. 77

Susi metió las cartas en los sobres, puso las direcciones y dibujó en la parte de atrás corazones y flechas. Tres en cada uno.

Se sentía emocionada. La carta a Alexander le había salido con mucho estilo.

Cogió sellos del escritorio de su padre, los pegó en los sobres y, muy satisfecha de sí misma, salió de casa y echó las cartas en el buzón de la esquina. Apenas estuvieron dentro del buzón, el ánimo de la niña cayó por los suelos. De pronto, las cartas le parecían tontas. En particular la dirigida a Alexander. ¡No tenía estilo! ¡Era cursi! ¡Unos garabatos ridículos! ¡Si por casualidad Alexander enseñaba la carta por ahí!... ¡En la clase! ¡A Ali! ¡O a esa Tina!

Tenía que haberle escrito una postal, pensó Susi. Divertida, con una foto graciosa en la parte delantera. Que pusiera detrás QUE VUELVAS A SER BUENO, VIEJO, y nada más. ¡Hubiera sido lo mejor!

Susi tenía la vista clavada en el buzón amarillo chillón. ¿Y si se pudiera volver a sacar la carta de ahí dentro? ¡Uno tendría que tener los dedos tan largos como agujas de tejer y tan flexibles como la goma!

¿Y si esperaba a que llegase el cartero que recogía el correo? Quizá le pudiera decir:

—¡Por favor, señor cartero, he echado una carta por error! ¡Ah, sí, esa de ahí! ¡Ve usted, esa con los corazones atravesados con flechas! ¿No le importaría devolvérmela? ¡Muchas gracias, señor cartero!

La próxima recogida era a las veinte horas, lo ponía en el buzón. ¡Todavía faltaban dos horas! Susi no podía esperar tanto tiempo. ¡Entretanto, su madre pondría una denuncia por desaparición!

Se dirigió a paso lento a su casa. Por el camino

se encontró con su padre. Mejor dicho, vio su coche. Estaba aparcando en un hueco chiquitín.

Susi esperó a que acabara de aparcar y se bajara del coche.

—¡Buenas tardes, hijita! —dijo él—. ¡Qué bien que me hayas esperado! —se rió. Sabía muy bien que Susi no le estaba esperando—. Sienta bien —dijo— que un padre cansado sea recibido por una hija tan guapa.

Susi no tenía humor para chistes.

—Oye, papá —dijo—; si una echa una carta por error...

—¿En el buzón? —preguntó él.

—Claro. ¿Dónde si no? ¿En el canal, quizá? —respondió Susi enfadada.

—Podría ser —dijo él.

—En cualquier caso, me refiero al buzón —contestó Susi—. ¿Me la podrían devolver?

—¿Quién? —preguntó él.

—Pues el que recoge las cartas —Susi estaba perdiendo la paciencia. ¿Por qué no entendía su padre cosas tan elementales?

—Creo, hijita —dijo él—, que lo prohíbe el reglamento de Correos.

Susi entró en la casa y subió las escaleras con la cabeza baja y maldiciendo el reglamento de Correos.

SUSI pensaba que Ali y Alexander recibirían las cartas el lunes por la mañana. ¡Seguro que Correos no necesitaba más tiempo!

«El lunes al mediodía, cuando Alexander y Ali lleguen a su casa después de la escuela, ya estarán las cartas en los buzones —dedujo Susi—. Pero ¿a qué hora saldrán de la escuela el lunes? ¿A las dos menos cuarto? ¿O a la una y media?»

Aunque esto normalmente no tuviera importancia, para Susi sí la tenía. Ni ella misma sabía por qué, sólo le interesaba a qué hora exactamente estaría la maldita carta en manos de Alexander. A veces hay cosas que son importantes para uno sin que se sepa muy bien por qué.

Para investigarlo, el domingo, poco antes de la hora de la comida, Susi se dirigió al patio de la casa vecina. Gabi Grabner vivía allí. De pequeña había ido con Susi a la escuela. A una clase paralela.

¡Susi tuvo suerte! Gabi y Tonerl estaban haciendo ejercicios gimnásticos en la barra donde se sacudían las alfombras. Seguro que Gabi lo sabía. Estaba en el mismo curso que Alexander y Ali.

Susi hizo como si nada en concreto la hubiera llevado hasta allí, como si se tratara de una visita amistosa. Se puso también a hacer unos ejercicios en la barra y, mientras daba algunas volteretas, le preguntó a Gabi cómo le iba en clase. A Gabi no le gustaba estudiar. Nunca le había gustado.

—Un club de anormales —dijo.

—Nada de eso —corrigió Tonerl—. Para mí es estupendo. No es tan infantil como la escuela primaria. Mañana hay una charla sobre música pop. ¿Qué? ¿No os parece interesante?

Susi le dio la razón y preguntó a Gabi:

—¿Van Ali y Alexander a la misma clase que tú? Gabi afirmó con la cabeza.

—¡Pero Alexander es tonto! —dijo—, ¡tontísimo!

—¿Por qué? —preguntó Susi.

—Es así —dijo Gabi.

—Tú eres la única inteligente —dijo Tonerl con ironía—. ¡Por eso te suspenden siempre!

Gabi dio una bofetada a Tonerl; éste le respondió con un puñetazo en la barriga y salió corriendo hacia su casa.

—Sólo me suspendieron una vez —dijo Gabi—. Porque estuve enferma. Tres meses. Así no hay forma de hacer nada, ¿no te parece?

Susi hizo un gesto afirmativo con la cabeza.

—Está claro —dijo—. ¡Clarísimo! ¡Qué sabrá él!

Gabi se sintió comprendida. Invitó a Susi a ir al garaje.

Estaba en la parte trasera del patio. Había cuatro coches aparcados. Gabi había instalado una tienda de campaña detrás de los coches, en un rincón. Una tienda grande.

—Mi refugio secreto —le dijo a Susi.

—¿Cómo secreto? —dijo Susi señalando los coches—. ¡Al sacar los coches verán la tienda!

—Pero sólo por fuera —aclaró Gabi. Sacó una llave pequeña del bolsillo del pantalón. Susi observó que la tienda estaba cerrada por delante con una cremallera que llegaba hasta el suelo. En el extremo había un candado pequeño.

Gabi metió la llavecita en el candado.

—Dentro tengo mis colecciones —dijo—. Nadie puede verlas. ¡Pero a ti te las mostraré; siempre he querido ser tu amiga, sólo que antes pensaba que eras un poco engreída!

Gabi abrió la cremallera de la tienda y echó para un lado la lona. Susi tuvo que encorvarse para entrar. «¡Maldita sea! —pensó—. Paul quiere ser mi amigo, la Turrón se pega a mí como una lapa, y ahora Gabi también me hace proposiciones; pero a los que yo quisiera, a ésos les importo un pito, no puedo andar siempre detrás de ellos.»

A las dos y media llegó Susi a su casa. Su madre tenía un humor de perros. Empezó a lanzar improperios:

—¡Ya está bien, estamos esperándote para comer! Se me ha quemado el asado. ¡Y el arroz se ha pegado tanto que ya no podré limpiar la olla! ¿Acaso crees que soy tu sirvienta? Avisa con tiempo si no piensas comer con nosotros. ¡Y además me has tenido preocupada!

Susi entró en su habitación y cerró la puerta. ¡Lo que faltaba, una bronca de su madre! Había pasado dos horas en la mugrienta tienda de campaña de Gabi examinando enormes álbumes a la luz de una linterna. Unos con fotos de cantantes, otros de esquiadores, de orugas y de cucarachas. Y no sólo se había enterado de que Gabi, y por supuesto también Ali y Alexander, salían de clase al día siguiente a la una y media, sino de que Ali hacía más de una semana que no aparecía por allí, y de que un tonto llamado Gerhard se había chivado a un profesor de que Ali no estaba enfermo. Y de que un tal Thomas se había encontrado con Ali la tarde siguiente y le había contado que el tonto de Gerhard se había chivado. Y de que Ali había dicho que si era así nunca volvería a la escuela. Y estaba dispuesto a hacerlo. Gabi también había hablado de Alexander. Dijo que salía con Tina. Que eran novios. Y que los dos llevaban un anillo de plata con una piedra rosa en el dedo meñique de la mano derecha. Y que no paraban de escribirse cartas en clase. ¡Cartas de amor! A los ojos de Gabi, aquello era una tontería, porque si se veían todas las tardes...

Gabi había añadido:

—Unas veces ella le visita a él en su casa, y otras él a ella. Después de la escuela. Ni siquiera van a casa a comer. Es un gran amor. ¡Creo que incluso se dan besitos!

Y les gustaría sentarse juntos, había dicho Gabi.

—Constantemente están preguntándoselo a la señorita Fink. Y además se comportan muy mal. Y como el tonto de Alexander se sienta a mi lado, pues Ali ya no se sienta con él, Alexander dice ahora que yo huelo mal. Y que no lo puede soportar. Dice que Ulrich debería sentarse a mi lado, porque él no tiene tan buen olfato. Sólo lo dice porque Ulrich se sienta al lado de Tina. Y él quiere cambiarse de sitio con Ulrich. Ya me gustaría quitarme a ese tonto de mi lado, pero la señorita Fink ha dicho que ya no se puede cambiar nadie de sitio. Alguna vez hay que acabar con ello. No vamos a estar todas las semanas cambiando.

—¿Por qué no se sientan juntos Ali y Alexander? —había preguntado Susi.

Gabi no había sabido responder.

—Ni idea —había dicho—. Pero podían seguir haciéndolo. ¡Como Ali ya no va a la escuela, es igual el sitio que tenga!

Susi se sentó al escritorio y empezó a golpear con los dos puños en la mesa. Un redoble de tambor. En realidad, no había sacado nada en limpio de Gabi. ¡Sólo que la sospecha se había convertido en certeza! ¡Ya no le quedaba ninguna esperanza! «Le ha regalado un anillo —pensó—. ¡A mí nunca me ha regalado nada! ¡Y todavía me debe veinte chelines! ¡Seguro que con mis veinte chelines le ha regalado el anillo! ¡Y tampoco me ha devuelto mi bonito bolígrafo de Micky Mouse.»

Al enfado que sentía por lo de Alexander se sumaba también el enfado por la bronca de su madre. ¡Ella había sido quien le había aconsejado escribir las cartas! ¡Ella era culpable de que Susi se encontrara hecha polvo! ¡Tenía que volver a poner todo en orden! Con el nerviosismo, Susi se olvidó de que su madre estaba enfadada con ella. Corrió al salón y se lo contó todo. Su madre se lamentó del mal consejo, pero opinó que ya no era posible recuperar la carta, y menos aún si en lugar de remite había pintado un corazón atravesado por una flecha.

—Así no podrás demostrar —dijo— que la has escrito tú. ¿Por qué quieres que te la devuelvan?

—Porque puse que todavía le quiero —dijo Susi.

86

—¿Y qué? —preguntó su madre—. No has hecho nada malo.

—¡Pero tengo mi orgullo! —gritó Susi—. ¡No puedo querer a alguien que anda por ahí regalando anillos con mi dinero!

—No seas tan tacaña. ¡Si quieres, te doy los veinte chelines!

Susi negó con la cabeza y salió del salón. Su madre no la entendía. ¡Como si se tratara tan sólo de los veinte chelines! Al llegar al vestíbulo, Susi volvió la cabeza, pero su madre estaba de nuevo enfrascada en el libro.

«No sólo no me entiende —pensó Susi—, sino que le importa un pito lo que me pase. Ahí la tienes, sentada, leyendo, sin pensar la manera de ayudarme. Se le saltan las lágrimas porque el protagonista de un libro está en dificultades. ¡Pero las preocupaciones de su hija le traen sin cuidado! Y todo ¿por qué? —pensó Susi—. ¡Sólo porque soy una niña! ¡Una niña tonta! Seguro que en el libro se habla de las preocupaciones de los mayores. ¡Los problemas de los mayores sí se toman en serio! ¡Los de los niños no se tienen en cuenta! ¡Ya está bien! Cuando un niño tiene preocupaciones dicen: "¡Ya me gustaría a mí tener sus problemas!", y: "¡Ah, qué gracia, la pequeña tiene mal de amores!". Como si la intensidad del dolor tuviera que ver con el tamaño de la persona. Cuando es todo lo contrario. Cuanto menor es una persona, mayores son sus problemas. Porque uno se defiende peor, y está mucho más desamparado.»

Susi pensó: «Si mamá escribiera una carta de amor de la que después se arrepintiera, ya encontraría la forma de volver a recuperarla. ¡La suya sí! ¡Pero mi carta le da lo mismo, le importa un bledo!».

Susi fue a la cocina, cortó cuatro rebanadas grandes de pan, untó mantequilla, les puso embutido y pepinillos, se sentó a la mesa de la cocina y se las zampó sin abandonar su gesto huraño.

Al parecer, la madre sí tenía más interés por su hija que por el protagonista del libro. Entró en la cocina cuando Susi iba por el tercer bocadillo. Susi iba a pedir disculpas por lo mal que había pensado de ella, pero su madre no tenía ningún buen consejo que darle. Y ningún consuelo tampoco. Solamente se puso furiosa porque su hija no había probado bocado en la comida, pero se había zampado la cena.

—Por tu culpa, este mediodía se me ha quemado el asado —dijo la madre—. ¡Tenía la intención de que nos lo comiésemos frío a la hora de la cena! ¡Y por tu culpa no ha quedado nada! ¡Y ahora te zampas el embutido que íbamos a cenar en lugar del asado! Antes de coger algo, podías preguntarme al menos. ¿O sería mucho pedir?

—Sí, sí —gritó Susi—. Machacar al que está hundido ¡es lo más sencillo! ¡Sin ningún tipo de respeto!

La madre cambió de tono.

—¿Qué te pasa, angelito? —preguntó—. ¿Es por lo de la carta? ¿Tanto te preocupa?

Susi hizo un gesto afirmativo con la cabeza. Su madre se sentó junto a ella, apoyó la cabeza de Susi en su regazo y le acarició el cabello. La niña empezó a llorar.

—Mamá, tengo que recuperar la carta —dijo entre sollozos—. ¡A toda costa, mamá! ¡Alexander no debe recibirla! ¡De ninguna manera! ¡No podré superarlo! ¡De verdad que no!

—Vamos, vamos —susurró la madre al oído derecho de Susi—. ¡Todo acaba por superarse, angelito; créeme, uno acaba por superar todo! ¡De verdad!

Había mucho poder de convicción en su voz. Susi cogió el pañuelo que le tendía su madre y se sonó la nariz.

—Pero yo no lo superaré —dijo.

—Claro que lo superarás —dijo su madre—. Yo lo hice a tu edad, y más tarde también, al menos diez veces —dijo.

—¿De veras? —preguntó Susi, y se volvió a sonar la nariz.

—De veras —aseguró la madre.

Mucho rato después, en la cama, Susi todavía se sentía infeliz, triste e irritada. Pero, sin embargo, dentro de su cabeza sonaba la voz de su madre y la frase: «Todo acaba por superarse». Era un consuelo. Un consuelo que al menos le sirvió para quedarse dormida.

HACÍA más de una semana que la Turrón la esperaba todos los días por la mañana en la esquina de delante de la casa de Susi. No habían quedado en eso, pero la Turrón hacía como si no estuviera esperando, como si pasara por allí. Susi no evitaba su compañía. ¡Ir sola al colegio era muy aburrido!

El lunes por la mañana, la Turrón también estaba allí. Junto al buzón de correos, apoyada en el muro de la casa. Se estaba zampando una barra de turrón. Susi había comprobado hacía tiempo que la Turrón se zampaba cinco al día. Una en el camino a la escuela, dos en el primer recreo, una en el segundo y otra de regreso a casa. Luego, según palabras de la propia niña, cuando ya estaba harta de turrón, comía cosas saladas.

Susi también se había enterado de dónde venía tanto turrón. Era lo que sobraba de la cafetería.

—Como mi padre no entiende de cuentas, se equivoca siempre en los pedidos —dijo la Turrón—. En la cafetería sobran también pasteles, bollos y merengues.

Su hermano se comía los pasteles, su hermana los bollos, y los merengues eran para la madre.

—Siempre ha sido así —dijo un día la Turrón riendo—. ¡Todos tenemos la misma manía! No variamos mucho la comida. ¡Si nos gusta algo, no paramos de comer siempre lo mismo!

Aquella mañana, la Turrón se dio cuenta de que Susi estaba nerviosa y preocupada. Pero no preguntó nada.

Aunque parlanchina, no era preguntona. Sólo era indiscreta cuando hablaba de sus cosas, pero no le importaba que los demás estuvieran callados. No obstante, Susi le contó sus preocupaciones. Quizá porque todos los días se encontraba a la Turrón apoyada en el buzón de correos. Pero sin entrar en detalles. Sencillamente dijo:

—Le he escrito a Alexander una carta estúpida. Le debería llegar hoy por la mañana. ¡Pero no puede recibirla; de lo contrario, me moriré!

—¿De veras? —preguntó la Turrón.

—De veras —respondió Susi.

La Turrón propuso hacer novillos, esperar que el cartero pasara por la casa de Alexander y pedirle que les diera la carta.

—Diremos que somos sus hermanas —dijo— y que no es necesario que meta la carta en el buzón, que nosotras se la subiremos.

Susi rechazó la idea. En primer lugar, seguro que el cartero conocía a la familia de Alexander y sabía que no tenía ninguna hermana. ¡Los carteros lo saben todo! En segundo lugar, podría ocurrir que cuando estuvieran hablando con el cartero llegara algún vecino y oyera cómo lo estaban engañando. ¡Incluso podría llegar la madre de Alexander! En tercer lugar, no podían hacer novillos. Susi nunca los había hecho. Lo veía imposible. Hacer novillos traía consigo falsificar justificantes. Y eso era todavía mucho más imposible e impensable. Y en cuarto lugar, hablando, hablando, habían llegado ya a la puerta del colegio. Detrás de ellas apareció Luise Panigl corriendo para no llegar tarde. ¡Salir de la escuela delante de Luise Panigl hubiera sido una locura! Incluso la Turrón lo veía así.

La primera clase, que era de inglés, se la pasó la Turrón mirando el cielo nublado a través de la ventana. Miraba de forma tan descarada y absorta que Luis Panigl se dio cuenta, y la amonestó tres veces.

—Henni, querida, ¿podrías prestarnos un poco más de atención a mí y al idioma inglés?

Entonces Susi tenía que darle un empujoncito para que se diera cuenta de que le estaban hablando y decirle al oído: «Se trata de ti».

La niña contestaba siempre lo mismo: «¿Cómo dice, por favor?». Cuando Luise Panigl lo volvía a repetir, respondía: «Con mucho gusto, señorita», y volvía a mirar por la ventana.

En el primer recreo, la Turrón le dijo a Susi:

Estoy planeando algo para lo de tu carta. No te preocupes, ya se me ocurrirá una idea. Estas cosas se me dan bien; lo de los asuntos ilegales lo llevo en la sangre. Mi tío abuelo era un auténtico estafador, un profesional, un delincuente. Toda mi familia se muere de vergüenza; incluso es posible que mi tía abuela muriera antes de tiempo por su culpa. Mi madre no quiere que lo comente con nadie. Pero a mí me parece estupendo, esas cosas no le pasan a cualquiera. En total, mi tío abuelo se pasó veintitrés años en la cárcel. ¡No dejó de ir contra las leyes hasta que ya estaba muy viejo y tembloroso!

Susi depositó todas sus esperanzas en el plan de la Turrón, a pesar de lo del tío abuelo. En la tercera clase, que era de matemáticas, la Turrón dijo radiante:

—¡Ya lo tengo! ¡Es muy sencillo! Tendrás la carta de nuevo. Garantizado. Necesitamos a alguien más. ¡Las dos solas no lo conseguiríamos!

Mientras el profesor de matemáticas dibujaba conjuntos y conjuntos de conjuntos en la pizarra, la Turrón le explicó el plan al oído:

Inmediatamente después de la escuela, Susi, la Turrón y el ayudante irían a casa de Alexander. Susi y el ayudante tenían que vigilar: uno delante de la puerta de la casa, otro en la escalera. La Turrón sacaría la carta del buzón forzando la cerradura.

—Es facilísimo —dijo en voz baja—. Cuando en casa perdimos la llave del buzón y mi madre tuvo que sacar el correo, también lo hicimos así —la Turrón mostró a Susi la lima de uñas que llevaba en el estuche.

—¡Con esto forzaré la cerradura; es muy fácil!

—Pero entonces ya no se podrá cerrar —dijo Susi—. ¡No podrás arreglarla luego!

En su casa también había un buzón con la cerradura estropeada, y la vecina estaba siempre enfadada. Decía que los que hacían eso eran unos sinvergüenzas, y opinaba que toda la casa perdería su buena reputación por culpa de aquel buzón.

La Turrón movió la cabeza afirmativamente sin dejar de fruncir el ceño.

—Pero si no, te morirás —dijo en voz baja. Que Susi siguiera viviendo le parecía mucho más importante que un pequeño desperfecto en el buzón. ¡Y Susi tuvo que darle la razón!

Pero lo de vigilar no acababa de convencerla. No se lo podía imaginar muy bien. Quedarse vigilando en la escalera mientras la Turrón manipulaba el buzón. ¿Y si bajaba alguien por la escalera? ¿Qué pasaría entonces?

—Entonces, toses fuerte —le dijo la Turrón al oído— y yo desaparezco por el callejón. Tú subes tranquilamente hasta el primer piso. Como si fueras a visitar a alguien.

—¿Y si alguien desde la calle quiere entrar en la casa? —preguntó Susi.

A la Turrón le sorprendían tantas dudas. Miró a Susi como si ésta fuera idiota total.

—Por eso necesitamos a otro más —dijo en voz baja—. ¡Entonces toserá él! Y yo subiré contigo por la escalera. ¿Has comprendido?

Susi afirmó con la cabeza. Aunque no estaba muy convencida del todo. Pero la Turrón sonreía tan segura del éxito que Susi ya no se atrevió a poner más reparos.

—Sólo necesitamos saber el número de la casa de Alexander —dijo la Turrón—. De lo contrario, estamos apañadas, porque en los buzones no ponen los nombres. ¿Sabes el número?

—El número diez —dijo Susi en voz baja—. ¡Seguro, por allí pasa el tranvía!

—¿Y está abierto el portal? —preguntó la Turrón—. ¿No tienen contestador automático?

Susi negó con la cabeza.

—¿Y a quién quieres que elijamos como tercero? —quiso saber la Turrón—. Porque tiene que ser alguien de confianza; de lo contrario, nos veríamos en apuros si es un chismoso. ¡O se caga de miedo!

—¡Ya estoy más que harto! —gritó el profesor de matemáticas señalando con el compás de pizarra en la dirección donde se encontraban Susi y la Turrón—. ¡Esto no es una cafetería, señoritas!

—No, desde luego —dijo la Turrón—. ¡Si fuera así, se serviría café!

Toda la clase empezó a lanzar risitas, y el profesor de matemáticas soltó un berrido:

—¡Silencio, silencio inmediatamente!

Los asustados alumnos cesaron con las risitas, y el enojado profesor de matemáticas miró fijamente a la Turrón. Ella puso cara de circunstancias.

—Sólo he querido hacer un pequeño chiste —dijo—. ¡No lo he hecho con mala intención!

—¡No hemos venido aquí a hacer chistes! —gritó el profesor—. ¡No nos queda tiempo para ello!

—¡Qué pena! —dijo la Turrón.

Su tono de voz parecía realmente preocupado, nada insolente, pero el profesor de matemáticas lo tomó como una impertinencia. Agitó el compás en el aire y gritó:

—¡Mi estimada Cernohorsky, si crees que por sacar buenas notas en mi asignatura te puedes permitir todo conmigo, estás muy equivocada! ¡Aquí no se hacen distinciones contigo!

La Turrón hizo un ligero movimiento con la cabeza.

—Por favor, señor profesor, nunca se me habría ocurrido. Sólo que —la niña sonrió amablemente—

en su clase se prohíben cosas que en las otras están permitidas. Por eso es tan difícil el cambio de la clase anterior a la de usted.

Al profesor se le notaba en la cara que estaba furioso. Se le había hinchado una vena en la frente. Después, cuando comprendió que la Turrón no quería ser impertinente y desvergonzada sino sincera y leal, la vena de la frente se le redujo de tamaño y dijo en otro tono:

—De ahora en adelante, ten cuidado con lo que dices —se volvió hacia la pizarra, metió la punta del compás en la madera verde y trazó un círculo grande con tiza amarilla.

—¿Qué tengo que hacer? —preguntó la Turrón a Susi—. ¿De qué tengo que tener cuidado?

Susi no contestó. No quería enfadar otra vez al profesor con nuevos chismorreos.

La Turrón abrió su cuaderno de matemáticas, cogió el compás y trazó un círculo. En un tono de voz no precisamente bajo, le dijo a Susi:

—Lo mío con él es una pena. Él no me entiende a mí y yo a él tampoco. ¡No se puede hacer nada, hay personas que no tienen nada que ver unas con otras!

Susi abrió su cuaderno, cogió el compás y quiso también trazar un círculo. O bien el compás no estaba bien, o ella lo hizo con demasiada fuerza, el caso es que en lugar de un círculo salió una espiral. Susi dejó el compás, cogió la goma de borrar, borró la espiral y pensó para sus adentros: «¡De alguna manera, esta Turrón es fantástica! ¡Y lo mejor del caso es que no tiene ni idea de lo superfantástica que es!».

En la pausa de después de la clase de matemáticas, la Turrón aprovechó para pensar quién sería el más indicado como ayudante. No se podía decidir por nadie de la clase. Ninguno le ofrecía plena confianza. Al rato dijo:

—¿Qué te parece Paul?

—¿Paul?

A Susi no le gustó la idea. Pero no se opuso cuando la Turrón dijo:

—Sí, creo que Paul es el adecuado. ¡Tengo buen olfato para estas cosas! ¡Hará lo que sea por ti! ¡Hasta un ciego lo vería! ¡Está enamorado de ti!

—No sé —murmuró Susi, y se encogió de hombros.

—No protestó con más fuerza por la designación de Paul como ayudante porque en realidad todo el plan le parecía irrealizable. No se podía imaginar que ella montara guardia en una casa mientras la Turrón destripaba un buzón. Lo veía como un sueño idiota. Seguro que el sueño pronto terminaría. Pasaría algo que diera al traste con el plan. Quizá, de camino para casa de Alexander, la Turrón dijera de repente:

—¡Cielos, pero si tengo clase de flauta! ¡Tengo que salir pitando para casa!

O quizá, en las últimas semanas que no había visitado a Alexander, hubieran instalado un contestador automático y la puerta de la calle estuviera cerrada a cal y canto.

Así que Susi dejó que la Turrón negociara con Paul en el recreo. Ella no participó en las negociaciones. Se quedó en su pupitre comiendo una manzana y observando a Paul. Parecía muy entusiasmado con el plan. Miraba a la Turrón con los ojos muy abiertos y le daba golpecitos de entusiasmo en la espalda. Luego le guiñó un ojo a Susi y levantó la mano derecha en señal de V. La V de la victoria. La Turrón permaneció al lado de Paul hasta que Luise Panigl —en esta ocasión tenían clase de lengua— entró en el aula. Luego se acercó a toda prisa al pupitre y le dijo a Susi al oído:

—¡Solucionado! Está de acuerdo, y me ha jurado por todos los santos que no dirá ni una palabra. ¡Creo que se puede confiar en él!

Susi afirmó con la cabeza, pero todavía le quedaba la sensación de que todo aquello no podía ser verdad.

Y aún tenía aquella sensación cuando, en compañía de Paul y la Turrón, salieron del colegio y se dirigieron apresuradamente a casa de Alexander.

La Turrón no parecía estar muy nerviosa. Paul se hacía el importante. Le brillaban los ojos de orgullo por haber sido elegido. Y al momento ya tuvo que empezar a meterse con los demás. Felicitó a Susi y a la Turrón por la inteligente elección que habían hecho. Los otros hubieran sido demasiado «bebés» para una cosa así.

Por ejemplo, Michi, ante una cosa así, se hubiera cagado en los pantalones. Ulli quizá no, pero terminaría por irse de la lengua, pues no podía estar callada. Y el miedoso de Stefan, antes de llegar a la puerta, seguro que se volvía y echaba a correr.

Eso es lo que le hubiera gustado hacer a Susi cuando llegaron al portal de la casa de Alexander. Con más confusión que miedo, se dio cuenta de que no se trataba de un sueño tonto, y además no había pasado nada que hiciera pensar que el plan fuera a tener un final anticipado.

—¿Quién va a la escalera y quién se queda delante de la casa? —preguntó la Turrón.

100

Susi prefirió quedarse delante de la puerta.

—Si no te importa —le dijo a Paul.

A Paul no le importó. Entró con la Turrón en la casa. Susi se quedó delante de la puerta viendo cómo Paul y la Turrón desaparecían. Volvió a la calle, se puso la cartera de la escuela debajo del brazo para así poder apretarse fuertemente los dedos y desearse suerte. Luego miró distraídamente a ambos lados de la calle. Le palpitaba con fuerza el corazón. No sabía qué hacer. ¿Cómo podía saber quién de los que pasaban por la calle tenía intención de entrar en casa de Alexander? ¿Quizá la señora gorda con el carrito de la compra, que venía calle abajo? ¿O el señor del perro, al otro lado de la calle? ¡Sólo podría saberlo cuando ya fuera demasiado tarde! «Cuando estén delante de mí, sabré si quieren entrar en la casa. ¡Entonces tendré que entretenerlos! Sólo con toser no será suficiente. ¡Tendré que preguntarles algo!»

Susi no tuvo tiempo para pensar una pregunta adecuada porque, de repente, alguien dentro de la casa soltó una palabrota.

¿Qué habría sido eso?

La Turrón salió por la puerta de la casa gritando:

—Corre, corre todo lo que puedas —y galopó calle abajo. Susi corrió tras ella. Casi atropella a la señora con el carrito de la compra. Alcanzó a la Turrón en la esquina.

Corrieron hasta la parada del tranvía. Al llegar allí, la Turrón se detuvo jadeante. En la mano llevaba un paquete de correos, un folleto y un sobre blanco con un corazón atravesado por una flecha en el reverso. La Turrón entregó la carta a Susi y el folleto lo arrojó en la papelera que había en la parada. Susi dio las gracias, guardó la carta en la cartera y miró calle arriba. Paul no estaba a la vista.

—¡Qué cosa más tonta! —dijo la Turrón sin dejar de jadear.

—¿Qué ha pasado? —preguntó Susi.

—Bien —dijo la Turrón—; primero no podía abrir el buzón. Quizá por culpa de la lima de uñas. ¡La que usamos en casa era más fuerte!

La Turrón sacó la lima del bolsillo del pantalón. Tenía forma de U.

—¡Así que he tenido que utilizar los dedos! —y le puso a Susi la mano derecha delante de las narices. Tenía rota la uña del dedo índice.

Se metió el dedo en la boca y se arrancó el trozo de uña, la escupió y dijo:

—Y cuando ya había conseguido abrir el maldito buzón y sacar el correo, se ha abierto la puerta del patio y ha aparecido una mujer con una alfombrilla y un sacudidor y ha empezado a gritar; gritaba como una furia.

—¿Y entonces? —preguntó Susi.

—Entonces he echado a correr —dijo la Turrón—. Ya tenía el correo en la mano.

—¿Y Paul? —preguntó Susi.

La Turrón se encogió de hombros, desconcertada.

—No lo he vuelto a ver. Las cosas están mal de nuevo.

—¿Ha echado a correr tras de ti? —preguntó Susi.

—Entre él y yo estaba la vieja del sacudidor —dijo la Turrón—. ¡Habría caído directamente en sus manos!

—¿Y qué hacemos ahora? —preguntó Susi.

—Esperar —dijo la Turrón—, pero a ser posible sentadas, porque me tiemblan las rodillas.

Dejaron las carteras en el suelo, se sentaron encima de ellas, pasaron los brazos alrededor de las rodillas y murmuraron a dúo:

—¡Menudo fastidio, menudo fastidio!

CAPÍTULO 11

AYUDA PARA PODER AYUDAR

PASARON tres tranvías y Paul seguía sin dar señales de vida. Poco antes de que llegara el cuarto a la parada, la Turrón se levantó de un salto y gritó aliviada:

—¡Ahí llega!

Cogió la cartera y corrió al encuentro de Paul. Susi también cogió la cartera y corrió detrás de la Turrón. «Todo ha ido bien, no ha pasado nada», pensó, y se le quitó un gran peso de encima.

Cuando Paul vio llegar a Susi y a la Turrón, se quedó parado. Estaba llorando. Las lágrimas rodaban por sus mejillas y dos grandes mocos le colgaban de la nariz. La Turrón cogió a Paul de un hombro.

—¿Te ha atrapado la vieja del sacudidor? —preguntó—. ¿Te ha sacudido?

Paul se limpió los mocos con la mano y negó con la cabeza.

—Ella no —dijo con voz temblorosa—, y la que bajaba del piso de arriba tampoco. Porque me he escapado por el patio, me he subido al cubo de la basura y he saltado el muro que da al patio de al lado. Allí me he escondido. Detrás de una caja grande de cartón, entre la basura.

La Turrón interrumpió a Paul:

106

—Y entonces, ¿por qué lloras?, ¿te has hecho daño?

Paul volvió a negar con la cabeza.

—Pues deja de llorar —dijo la Turrón.

Susi comprendió finalmente por qué lloraba Paul y dijo:

—¡Llora por su cartera!

En efecto, Paul no llevaba la cartera.

—La he perdido al saltar el muro —dijo entre sollozos—. ¡El muro tenía tres metros de altura!

Susi pensó que no era el momento de decirle a Paul qué altura tenía realmente el muro que separaba el patio de la casa de Alexander del de los vecinos. Ella había jugado allí muchas veces. ¡No tenía más de un metro y medio!

—Por eso las dos mujeres han dejado de buscarme —dijo sollozando—. ¡He oído decir a una que, teniendo mi cartera, era suficiente!

Paul suspiró.

—¡Mi nombre está puesto en todos los cuadernos y en los libros también!

—Pero tu dirección no —dijo la Turrón—. ¡Y eso es lo principal!

Paul se secó las lágrimas.

—¡La conseguirán en un abrir y cerrar de ojos!

—¿Cómo? —la Turrón negó con la cabeza—. Oye, en la guía de teléfonos hay veinte páginas con gente que se llame Meier. Y los nombres de los hijos de todos esos Meier no aparecen. No pueden llamar por teléfono a todos los Meier y preguntar quién de ellos tiene un Paul en la 1C.

—Pero no hay doce páginas de colegios en la guía de teléfonos —dijo Paul entre sollozos—. Sólo necesitan telefonear a los colegios de nuestro distrito. ¡Y pronto lo sabrán! ¡Y además, necesito recuperar mi cartera. ¡No se la pueden quedar ellos! ¡Con todo dentro!

—Di a tu mamá que la has perdido —propuso la Turrón.

—¿Estás loca? —Paul se esforzaba por dejar de sollozar—. ¡No me creerá ni una palabra! ¡Y el compás! ¡Y la pluma estilográfica! ¡Mamá no puede comprarme todo otra vez!

—Yo te ayudaré —dijo la Turrón. La Turrón siempre marchaba bien de dinero. Era la más rica de la 1C.

—Eso no arregla nada las cosas —dijo Susi—. ¿Es que no tienes cerebro, Henni? ¡Ellos tienen ahora su cartera! Y Alexander también la verá. ¡Y él sabe perfectamente quién es Paul Meier: le conoce!

—Exacto —Paul seguía sin poder dejar de sollozar.

—Vaya porquería. ¿Qué hacemos ahora? —la Turrón frunció el ceño. Parecía estar reflexionando sin encontrar una solución.

—¡Y todo por tu estúpida carta! —Paul miró a Susi con gesto de reproche.

—¡Estás tú bueno! —gritó la Turrón—. No tenías por qué haber colaborado. Susi no tiene la culpa de que un tonto como tú no pueda sujetar la cartera al saltar un muro.

La Turrón sacó un pañuelo de papel del bolsillo y se lo puso a Paul en la mano.

—¡Suénate! —le gritó—, ¡no te soporto tan mocoso y llorica!

Paul se sonó obediente, se pasó el pañuelo por los ojos y dijo:

—¡Si se entera mi padre...!

La Turrón puso cara de fastidio.

—¿De qué te preocupas? —preguntó—. Sólo has vigilado, yo he sido la que ha forzado el buzón. Si pasa algo, yo seré la responsable, sólo yo, ¿te enteras? He planeado todo, lo he hecho todo. Tú sólo has estado junto a la escalera y no has hecho nada. ¡Si yo no me quejo, tú no tienes por qué quejarte!

—Pero mi padre... —dijo Paul.

—¡Yo también tengo padre! —gritó la Turrón—. Y el tuyo, según he oído, no está aquí. ¡No tiene por qué enterarse!

Eso pareció consolar a Paul. Se volvió a sonar, se limpió los ojos de nuevo, miró a Susi esperanzado y preguntó:

—¿Vienes conmigo a ver a mi madre y se lo cuentas todo? ¡Le dirás que no he hecho nada!

Susi afirmó con la cabeza. Pero pensó: «¡Su padre se acabará enterando! ¡Porque en el colegio también se enterarán! Y se lo comunicarán a él. Como aquella vez, en la escuela primaria, cuando hizo novillos; entonces también se enteró su padre sin que se chivase la madre».

Susi se sentía culpable. Aunque había sido a la Turrón a quien se le había ocurrido el estúpido plan y Paul había colaborado de manera voluntaria y entusiasta, su carta había sido, en definitiva, la causa de todo el follón. Los dos habían querido ayudarla. ¡Ahora era ella la que debía ayudarlos a ellos!

Susi veía una manera de hacerlo. Había una posibilidad de recuperar la cartera de Paul sin que ni la dirección del colegio ni los padres de Paul y la Turrón supieran una palabra del asunto. «Al menos tengo que intentarlo —pensó—. ¡Aunque me resulte muy desagradable!»

Miró su reloj. Era la una y cuarto. Tenía el tiempo justo.

Le dijo a Paul:

—Vete a casa; de momento no puedes hacer nada. Voy a ver si recupero tu cartera. Si es así, te la llevaré a casa. ¡En cualquier caso, iré allí o te llamaré por teléfono antes de que tu madre vuelva del trabajo!

—¿Qué te propones? —preguntó la Turrón.

—Ahora no tengo tiempo para explicártelo —dijo Susi—. ¡Te llamaré por teléfono cuando acabe! ¡Hasta luego!

Dejó a los dos plantados y corrió calle abajo, hasta la avenida principal. Desde allí continuó hasta la pequeña callejuela donde vivía Ali. Corría jadeante. Tenía que estar en casa de Ali como mucho a la una y veinticinco. No sabía si Ali estaba en casa o iba ya a la escuela. Si Ali no estuviera en casa, entonces tendría que esperarle a la puerta de la escuela, porque no había ninguna garantía de que regresara directamente a casa después de clase.

Ali vivía en una casa viejísima. La puerta de su vivienda estaba justamente detrás del portal de la casa. Susi dio unos golpes a la puerta.

—Ali —gritó—. Ali, ¿estás ahí?

No se oía nada al otro lado de la puerta, pero en el rellano se abrió la puerta de la casa de los Bassena y un anciano asomó la cabeza. Dijo:

—¡No des esos golpes, los pequeños están durmiendo; si se despiertan, berrearán como demonios!

Susi conocía al anciano. Siempre que iba a casa

de Ali lo veía. Vivía más tiempo en el rellano que en su casa. Sabía todo lo que pasaba en el edificio.

—¿Está Ali en la escuela? —preguntó Susi al anciano.

—Desgraciadamente, no —dijo el anciano—. Esto va a terminar mal.

—¿Sabe usted dónde está ahora? —preguntó Susi.

—Saberlo no lo sé —dijo el anciano—, porque evita encontrarse conmigo. Sabe muy bien que siempre le pregunto por la escuela. Pero ha salido con una bolsa llena de botellas vacías. Hace un cuarto de hora. Debe de haber ido al supermercado.

—Gracias —dijo Susi, y se marchó corriendo en dirección al supermercado. Aunque no tan deprisa como antes. Le dolían los costados de tanto correr.

Se encontró con Ali a medio camino.

—Gracias por la carta —dijo él como saludo, y dejó en el suelo la pesada bolsa de la compra—. ¡Me quedé sorprendido de que hubiera una carta para mí en el buzón! —se partía de risa—. ¡No tenías por qué escribirme, vieja! Nunca estuve realmente enfadado contigo. Sólo al principio. Bastaba con que hubieras vuelto al parque. Quise haber ido a tu casa, sólo que como eres una dama tan distinguida...

—¿Por qué soy una dama distinguida? —le interrumpió Susi.

—Pues porque vas a clase con niños pijos.

Susi no quiso perder el tiempo en explicarle que en su clase no había niños pijos ni damas distinguidas. Ya se lo explicaría en otra ocasión. Dijo:

—¡Ali, tienes que ayudarme, eres el único que puede hacerlo!

—Cuéntamelo en mi casa —dijo Ali—. Es la hora

de la salida de la escuela y pronto habrá por aquí multitud de compañeros y profesores. ¡No me gustaría que alguien me viera! —y cogió la bolsa. Susi quiso agarrar una de las asas—. Déjalo, vieja —Ali se negó—. ¡No hagas que me sienta ridículo!

En la bolsa de la compra había muchas botellas. Una de aceite, una de vinagre, una de zumo de frambuesa y muchas de cerveza.

—No soy ninguna blandengue, viejo —protestó Susi, y agarró la bolsa por un asa.

Ambos transportaron la bolsa de la compra hasta la casa de Ali. Una vez allí, Ali abrió la puerta de la vivienda con llave. Luego, dijo en voz baja:

—Los pequeños duermen. Siempre que están enfermos, duermen hasta el mediodía. Tendrás que hablarme bajito, vieja; si no, se despertarán.

Se acercó de puntillas a la puerta de la habitación y la cerró.

Susi se sentó junto a la mesa de la cocina. Ali sacó las compras de la bolsa y metió las botellas de cerveza en el frigorífico.

—¿Quieres un losbos? —preguntó. Susi afirmó con la cabeza. Ali llamaba losbos a un plato que cocinaba. Cada vez tenía un sabor diferente. Era un potaje en el que metía todo lo que de comestible había en la casa. Antes, Susi creía que losbos era una palabra turca. Pero se dio cuenta del error. Simplemente se trataba de una palabra inventada por su amigo.

Ali encendió el gas y colocó una olla grande encima del fuego. Removió el potaje con una cuchara de madera.

—Esta vez me ha salido muy bueno —dijo orgulloso—. Ayer incluso mi padre lo dijo y se comió dos platos.

Susi observaba a Ali mientras removía el potaje y se dio cuenta del cariño que le tenía. Si no hubiera sido por el estúpido asunto del buzón y la cartera, se habría sentido verdaderamente feliz.

—¿En qué puedo ayudarte, vieja? —preguntó el chico.

—Tienes que hablar con Alexander; es muy urgente —dijo Susi.

Ali dejó la cuchara, se dirigió al cajón de la mesa de la cocina, sacó dos platos y los puso sobre la mesa.

—No podré complacerte —dijo—. Ya no somos amigos —sacó dos cucharas del cajón de la mesa—. Se ha puesto tan chulo que dice que ya no voy a la escuela porque pongo a los dos que están ahí dentro como excusa. Que mi prima podría ocuparse de ellos porque está sin trabajo.

Ali acercó la enorme olla hasta la mesa, la puso encima de un periódico y llenó con el caldoso losbos los dos platos hasta arriba.

Acercó un plato a Susi y se sentó junto a ella, cogió otro para él, empezó a comer y dijo con la boca llena:

—Es verdad. Ya estoy harto de ser la tercera rueda de la moto. ¡Contigo era lo mismo! ¡Y ahora sería igual! ¡Todo tiene que ser siempre para él, siempre tengo que salir perdiendo! —dejó la cuchara y miró a Susi—. Para que lo sepas exactamente, me gusta Tina, una chica de mi clase. Pero él piensa, naturalmente, que Tina le corresponde sólo a él. Alexander sólo piensa en mí para que le lleve la cartera; así, él puede llevar la de ella y le queda la otra mano libre para hacer manitas. ¡Ya estoy harto!

Susi no dejaba de remover el losbos. Se le había quitado el hambre.

—Siempre os he querido a los dos por igual, a ti y a Alexander —dijo ella—. ¡De verdad, siempre!

—Sólo pretendes convencerte a ti misma —Ali se echó más losbos.

—¡No eras la tercera rueda de la moto! —gritó Susi—. ¡Éramos una moto de tres ruedas!

—¡Pssst! —dijo Ali—. ¡No tan alto, vieja!

Susi retiró el plato. «En realidad —pensó—, tiene razón. Pero sólo un poquito. ¡Un poquirritín nada más!»

—Como cuando fuiste a casa de tu prima para el cumpleaños —dijo Ali— y sólo permitía que llevaras un acompañante...

Susi le interrumpió:

—Tú dijiste que no querías ir.

—Y tú te alegraste de ello —dijo Ali. Ya se había comido dos raciones y puso su plato en el fregadero. La comida de Susi la volvió a echar en la olla—. Pero da igual —dijo—. ¿Qué es lo que tenía que hablar con Alexander?

—Se trata de la cartera de Paul —dijo Susi, y le contó a Ali lo que había pasado.

Cuando hubo terminado, Ali dijo:

—¡Entonces estamos apañados, vieja!

—¿Quieres hacerlo?

—No se trata de querer —Ali lanzó un suspiro—. No puedo dejarte en la estacada.

—¿Crees que le podrás convencer para que él convenza a su madre, y que ella, a su vez, convenza a la mujer...?

Susi perdió el hilo, porque Ali se echó a reír.

—Entonces, vieja —dijo, después de que Susi terminó—, ya no me aclaro. ¿Quién debe convencer a quién? Vamos para allá e investiguemos quién tiene la cartera.

Susi asintió con la cabeza. Hubiera preferido preguntar a Ali si no sería posible que fuera él solo.

Pero decírselo así le pareció demasiado mezquino.

—Sólo necesito a alguien que vigile a los pequeños —dijo Ali—. Pronto se despertarán.

—La Turrón —propuso Susi.

—A ella no la conocen; se echarán a llorar —Ali rechazó la idea—. ¡Prefiero decírselo al minero!

El minero era el hombre que se pasaba más tiempo en el rellano que en su vivienda. Ali sacó dos botellas de cerveza del frigorífico.

—¡Si le digo que se ganará dos cervezas, aceptará!

Tenía razón. El anciano estaba dispuesto a hacer de niñera.

—Pero sólo hasta las cuatro —dijo—. ¡Porque quiero ir al bar a jugar una partida de cartas!

Ali prometió estar de vuelta a esa hora.

CAPÍTULO 12

UNOS PADRES ESTUPENDOS

CUANTO más cerca estaba Susi de la casa de Alexander, más lento era su paso. Ali tampoco contribuía a tranquilizarla. No paraba de decir:

—Vamos, vieja, la madre de Alexander sí que es maja. Con ella sí, pero con él no quiero saber nada. ¿Comprendes?

El único consuelo para Susi era que Ali decía «yo» y no «nosotros». Aquello era señal de que sólo pensaba hablar él.

Susi se detuvo a algunos pasos de la puerta de la casa.

—El caso es que no me atrevo —dijo. Ali tiraba de ella hacia adelante—. ¡Antes tengo que ir al servicio!

—El miedo hace que te duela la barriga, pero eso no es nada —Ali volvió a tirar de ella con impaciencia.

—No —rectificó Susi—. ¡Desde el recreo de las diez no he ido; será por eso!

—Vamos ya —dijo Ali—. ¡Si no, todavía me lo pensaré!

Aquello sí surtió efecto. De la mano de Ali, Susi entró a trompicones en la casa, pasaron junto a los buzones y subieron al primer piso. Susi comprobó que la Turrón había hecho un buen trabajo. La ventanilla del buzón número diez estaba doblada, medio desprendida y con la cerradura forzada. ¡Totalmente inservible!

—Correos tiene buzones de repuesto —le dijo Ali para consolarla—. ¿Crees que es la primera vez que pasa?

La puerta de la vivienda de Alexander estaba

abierta. Enfrente de la puerta, junto a la ventana del pasillo, el padre de Alexander limpiaba zapatos. Era conductor de autobuses. Algunas veces empezaba a trabajar a las cinco de la mañana, otras no lo hacía hasta las ocho de la tarde. Toda la repisa de la ventana estaba llena de zapatos.

—Aquí llega mi gran amor —gritó al ver a Susi—. Y tú —le dijo a Ali— te vendes caro últimamente. Sólo en pequeñas dosis.

La madre de Alexander se asomó a la puerta.

—No hace falta que limpies los zapatos de Xandi —le dijo a su marido—. ¡No eres su mayordomo!

Luego, se dirigió a Ali y Susi:

—Entrad, niños. ¿Queréis comer con nosotros? Tenemos verdura rehogada.

Ali y Susi entraron con la madre de Alexander en la cocina.

—Pronto estará lista —dijo ella—. ¡Sólo tengo que darle una vuelta en la sartén!

Ali y Susi se sentaron en el banco de la rinconera, junto a la mesa de la cocina.

—Bueno, ¿qué os trae por aquí? —preguntó la madre de Alexander mientras removía la verdura.

—¿No está Alexander en casa? —preguntó Ali.

La madre de Alexander apartó la sartén del fuego.

—Después de la escuela, se ha marchado a casa de Tina. ¿Es que no lo sabías, Ali? ¡Vaya! —la madre lanzó un suspiro—. ¿Has vuelto a hacer novillos? —echó la verdura en una fuente—. ¡Ali, así no puedes seguir! ¡Cuanto más tiempo faltes a la escuela, más difícil se te hará la vuelta!

Ali se encogió de hombros, como si no le importara mucho.

119

—¿Es tal vez por lo de la justificación? —preguntó ella—. ¿Temes a tus padres? ¿No te atreves a decírselo?

—Ya lo saben —dijo Ali. Susi lo confirmó con la cabeza. A los padres de Ali nunca les había importado mucho la escuela. Se alegraban cuando Ali se quedaba en casa, hacía las tareas domésticas y cuidaba de sus hermanos.

—¿Lo saben? —la madre de Alexander lanzó una mirada de asombro.

—Mamá trabaja otra vez —añadió Ali—. En una empresa de limpieza; ya trabajó allí antes.

—¿Y tú tienes que cuidar de tus hermanos? —preguntó la madre de Alexander.

Ali asintió con la cabeza.

—Pero el jefe le dijo que a partir del mes que viene tendrá turno de noche.

—¿Por qué no van tus hermanos a una guardería? —preguntó la madre de Alexander.

—Los mayores sí que van —dijo Ali—. Los dos pequeños no van, de momento. Tienen fiebre. Si no, también irían.

—Casi siempre tiene algún hermano enfermo —dijo Susi, pero no mencionó para nada que la prima de Ali podía cuidar de los niños.

—¡Pero tendrá que haber alguna solución! —la madre de Alexander levantó la voz—. ¡Cuando ibas a la otra escuela, no faltabas tanto!

—Porque estaba su abuela —dijo Susi—, pero ha regresado a Turquía en verano. ¡No le gustaba vivir aquí!

—¿Quieres que hable con tus padres? —preguntó la madre de Alexander.

120

—¡No! —Ali negó con la cabeza—. Podría ir si quisiera. No me obligan a quedarme en casa.

—Entonces, ¿cómo se explica? —preguntó ella—. ¿Por qué no vas a la escuela?

Ali se encogió de hombros. Susi pensó: «No es tan fácil de explicar. No hay sólo una razón. Están sus hermanos enfermos. Y luego, que Alexander sale con esa Tina. Y los profesores estarán enfadados cuando vuelva. Todo tiene un poco que ver».

—Entonces, explícate mejor —la madre de Alexander siguió sondeando—. ¡Siempre te ha gustado ir a la escuela!

El padre entró en la cocina.

—No seas tan indiscreta, querida —dijo. Se sentó en el banco de la rinconera—, no te metas donde no te llaman.

—¿Y qué pasa por ello? —la madre de Alexander colocó los platos en la mesa—. ¿Quieres que me quede discretamente mirando cómo un jovenzuelo sigue siendo un burro? Yo te digo, querido, que Ali tiene aptitudes para el estudio, más que nuestro propio hijo. ¡Hace tiempo que me di cuenta, cuando hacían los deberes juntos! —lanzó un suspiro—. ¡Pero no puedo cambiarlo! —se dirigió a Susi—. ¿Qué os ha traído por aquí? ¡Me imagino que se trata de ese maldito buzón!

Susi afirmó con la cabeza.

—¿Me puedes explicar por qué un tonto llamado Paul ha destrozado nuestro buzón? —preguntó el padre de Alexander.

—Paul no ha sido —dijo Susi—. Él sólo estaba allí. Fue por mi culpa. Quería recuperar mi carta.

El padre de Alexander miró a Susi sorprendido.

—Porque la escribí yo —dijo Susi—. Como todavía no estaba enterada de que él tiene una amiga nueva, quiero decir, que son novios y se han intercambiado los anillos y todo eso...

—¿Y qué culpa tiene nuestro buzón? —la madre de Alexander se golpeó la frente con la palma de la mano—. ¿No podías subir y decirme que sacara la carta del buzón? ¿Crees que no lo hubiera hecho?

Susi tenía la mirada fija en la verdura que la madre de Alexander había puesto en el plato. No se atrevió a decir que no tenía ganas de comer.

—¿O es que piensas que cuando nuestro hijo está enfadado contigo nosotros también lo estamos? —preguntó el padre de Alexander.

«¿Por qué no se me habrá ocurrido una solución tan sencilla?», pensó Susi, pero no encontró ninguna explicación para ello.

—Y el tonto de ti le haces el juego —le dijo la madre de Alexander a Ali—. ¡Te tenía por más inteligente!

—Él no sabía nada —gritó Susi—. ¡Yo sola no me hubiera atrevido a venir!

—Hemos venido a recoger la cartera de Paul —dijo Ali— porque la necesita. Y ni en su casa ni en la escuela se deben enterar.

—Y si la señora Pribil hubiera ido a la policía con la cartera, ¿entonces qué? —preguntó la madre.

Del susto, Susi dejó caer la cuchara y se salpicó la camiseta.

—Mujer, no asustes a mi ex nuera preferida —dijo el padre de Alexander—. ¡Se ha puesto perdida! —cogió un paño de cocina y limpió la pechera de Susi—. No te preocupes —dijo—. Paul ha tenido suerte de que yo estuviera en casa. Y de que la señora Pribil tenga reuma en la pierna. He cogido la cartera y le he dicho que yo mismo la llevaría a la policía. ¡Porque no había quien le quitara de la cabeza lo de la policía!

La madre de Alexander añadió:

—Ha tenido que hacer teatro. ¡Ha salido de casa con la cartera! ¡Pero sólo hasta la esquina, hasta el coche! —el padre de Alexander se rió—. ¡Y luego le ha contado a la señora Pribil que la policía estaba investigando los hechos —la madre de Alexander no reía. No parecía gustarle el teatro.

—Gracias —dijo Susi.

—Gracias —dijo Ali.

—Pero no creáis que nos gustan los que destrozan los buzones —dijo la madre de Alexander.

—¡Claro que no, claro que no! —Susi vació a toda prisa el plato. Ahora tenía un hambre de lobo.

Cuando hubo dado cuenta de la verdura, telefoneó a Paul y a la Turrón para que no estuvieran preocupados. Consiguió hablar con la niña, pero en casa de Paul nadie cogió el teléfono.

El padre de Alexander entregó a Susi la cartera de Paul que se encontraba en el coche.

—Saluda al héroe de mi parte —dijo—, y dile que practique el salto de muro.

Susi prometió hacerlo.

Ali, cargado con la cartera de Paul, acompañó a Susi a casa. Se pasó el camino alabando a los padres de Alexander.

—Que un chaval tan imbécil tenga unos padres tan estupendos... —dijo—. Y siempre se está quejando de ellos —repitió tres veces todas las frases que la madre y el padre de Alexander habían dicho y preguntó—: ¿Te puedes imaginar a otros padres hablando así?

—No —mintió Susi, y con el pensamiento pidió disculpas a sus padres. Imaginaba perfectamente a sus padres diciendo cosas parecidas y comportándose como los padres de Alexander. Pero Ali no necesitaba saberlo. Para él era mejor pensar que unos padres así de estupendos eran una rara excepción.

Cuando llegaron delante de la casa de Susi, Ali preguntó:

—¿Volveremos a vernos?

—Claro —dijo Susi— ¡Mañana! ¿Cuándo te viene bien?

Ali no sabía exactamente cuándo saldría de casa al día siguiente.

—No importa, viejo —dijo Susi—. Tengo que estudiar. Te estaré esperando en casa. Puedes entrar siempre que sea antes de que cierren el portal.

Cogió la cartera que llevaba Ali y, con una en cada mano, entró corriendo en la casa. Mientras subía los escalones de dos en dos, iba pensando: «Dios mío, hoy habrá de nuevo bronca por la comida del mediodía».

No hubo ninguna bronca, sino voces de alegría. Cuando Susi, con cara de pecadora arrepentida, entró en el salón, su madre gritó:

—¡Mira, ya está aquí!

Pero no se refería a su hija, sino a la cartera de Paul. El niño, que estaba viendo la tele, dio un salto de la butaca, arrebató a Susi la cartera de la mano y se puso a bailar con ella por el salón.

—¿Cómo lo has conseguido? —preguntó la madre.

124

Susi bromeó:

—Porque, aparte de los míos, todavía quedan padres estupendos —dijo.

DIEZ DÍAS DESPUÉS, Susi no tenía la misma opinión sobre sus padres. Por el contrario, estaba muy enfadada con su madre. Y también se enfadó con su padre porque dio la razón a la madre. Todo sucedió así: Susi le había ocultado que Ali no iba a la escuela «temporalmente». Ya conocía a su madre. Era tan «indiscreta» como la madre de Alexander. Hubiera interrogado a Ali y apelado a su conciencia.

Y eso, pensaba Susi, hubiera hecho que Ali dejara de visitarla. Después de la reconciliación, Ali iba todos los días a su casa. Él lo llamaba la visita de buenas noches.

Llegaba a las siete y media y se marchaba a las ocho y media. Sólo le hubiera faltado a Susi que, por un sermón moralista, su madre le estropeara aquella horita diaria. A pesar de todo, la madre se había enterado de que Ali no iba a la escuela. Había visitado a la madre de Alexander porque quería pagar la reparación del buzón. Sin embargo, la madre de Alexander no había aceptado el dinero. Sería el colmo, había dicho. Su desleal hijo también estaba implicado en el asunto. Y luego había comentado el problema de Ali con ella.

La madre había llegado hecha una furia a casa y había puesto verde a Susi. Le había dicho que no era de verdaderos amigos mantener la boca cerrada ante una cosa así.

—¡No puedes quedarte mirando cómo arruina su vida! —había gritado—. ¡Tienes que ayudarle a rectificar!

—Si no hubieras permitido que fuera al instituto —había gritado Susi—, y estuviéramos en la misma clase, no habría ocurrido esto; ya me ocuparía yo de que no faltara a clase.

La madre había pensado que aquella observación no merecía respuesta alguna.

—¡Y además no va a repetir curso! —había gritado Susi—, ¡está estudiando! ¡Sabe de todo y no se está perdiendo nada!

La verdad es que Ali estudiaba todos los días; ya se había leído todo el libro de lecturas. Y había resuelto todos los ejercicios de matemáticas. Y repasaba las lecciones de inglés. Sabía palabras que Susi nunca había oído. Y si alguna vez ella no sabía resolver un ejercicio de cálculo, le pedía ayuda a Ali y él se lo aclaraba. Siempre había resuelto los ejercicios en los que Susi tenía problemas.

A Ali le gustaba estudiar. Siempre le había gustado. De lo contrario, no habría sacado tan buenas notas. Y además había tenido que aprender el nuevo idioma. Y en su casa nadie le obligaba a estudiar. Y casi llevaba las riendas de la casa. Y aun teniendo en cuenta todo eso, todavía estaba ansioso por estudiar.

De momento, a Ali no le divertía la nueva escuela. Pero no era fácil hacérselo ver a su madre. Ella no lo quería entender.

Por lo menos, Susi le había sugerido que no debía hablar con Ali de aquel tema.

—De otro modo, Ali no vendrá —había dicho—. No me visitará nunca más.

Tanto el viernes por la tarde como el sábado después de comer, cuando Ali fue a buscar a Susi para dar un paseo, la madre no habló con él del tema de la escuela.

CAPÍTULO 13

UNOS PADRES NO TAN ESTUPENDOS

AL principio de la semana siguiente, la madre de Susi seguía sin tocar el problema de Ali. Susi llegó a pensar que se había olvidado del asunto. O que había comprendido que no debía inmiscuirse. Una solución muy razonable.

El jueves por la tarde tuvo que reconocer que se había equivocado.

¡Y cómo!

Era un día soleado. Casi tan caluroso como en pleno verano. Como los hermanos de Ali ya estaban bien, fueron a la guardería. Ali tenía tiempo y acudió a casa de Susi al mediodía. La Turrón llegó después, sobre las tres. Ali y la Turrón se entendían divinamente.

«Podríamos llegar a formar de nuevo un auténtico trío —pensó Susi—. Y ahora que la Turrón ha ocupado el puesto de Alexander, Ali ya no se podrá poner celoso. Como mucho, me podría poner yo, pero no soy tan tonta.»

128

Sin embargo, Susi tenía que reconocer que la Turrón no podía sustituir a Alexander al cien por cien. Además, Susi no estaba enamorada de la Turrón. Considerar a alguien simpático, divertido y superestupendo no es lo mismo que quererle.

La madre salió de casa después de comer. No dijo adónde iba. Sencillamente afirmó: «Tengo algunas cosas que hacer».

Para empezar, Susi, Ali y la Turrón se divirtieron poniendo el tocadiscos a todo volumen. Estaba tan alto que retumbaba en toda la casa y la vecina protestó enfadada. Después vieron un rato la televisión. Como la vivienda de Susi tenía antena parabólica, a esa hora se podían ver por lo menos seis programas. Ali conectó todos los canales uno detrás de otro, haciendo una ensalada de imágenes terrible. Pero aquello también acabó por aburrirlos.

—Vamos al parque —propuso la Turrón.

—Es demasiado aburrido —dijo Ali, y Susi asintió con la cabeza. Sabía que Ali no quería ir al parque para no encontrarse con Alexander y Tina. Y también por los otros chicos de su clase. Algunos de ellos se pasaban la vida en el parque.

—¿Por qué no vamos a patinar al patio? —preguntó Susi.

—¿Un par de patines para tres? —Ali tenía sus dudas de que fuera divertido.

—Puedo ir por los míos —dijo la Turrón—. Pero no sé dónde están. Tardaría demasiado en encontrarlos.

—¿Y si voy a buscar a Gabi? —dijo Susi—. Traerá también sus patines y así tendremos dos pares para cuatro. Será mucho mejor.

—¿A Gabi, la de mi clase? —a Ali tampoco le pareció bien.

—Es majísima —dijo Susi.

—Pero no quiero que me tome el pelo —gritó Ali.

—No lo hará, seguro que no —dijo Susi—. Le da igual la escuela. Créeme.

—¡A pesar de todo! —insistió Ali.

—*Okey*, olvídalo —Susi cedió.

—¿Sabéis una cosa? —gritó la Turrón—. ¡Os invito a mi cafetería, a cocacola y helado, o a lo que queráis!

A Ali le pareció bien. Siempre que había algo de comer, estaba de acuerdo. A Susi también le gustó la idea. Hacía tiempo que tenía ganas de conocer el perrazo de la Turrón.

Al salir de la casa, vieron a Gabi. Estaba apoyada en un coche aparcado justo al lado de la puerta.

—¿Adónde vas? —le preguntó a Susi.

—A la cafetería de su padre —Susi señaló a la Turrón.

—¿Puedo ir con vosotros? —se dirigió a la Turrón, y como ella no sabía que aquélla era Gabi, dijo con toda inocencia:

—¡Claro, por mí no hay inconveniente!

Gabi se alegró. Ali puso cara de pocos amigos. Susi le cogió de la mano.

—No te hará ninguna faena —susurró—. ¡Ya verás como Gabi no pregunta nada acerca de la escuela!

Susi estaba en lo cierto. Gabi no mencionó la escuela para nada. Tenía un tema de conversación completamente distinto. Su hermana mayor estaba embarazada. Y aquello significaba que Gabi pronto iba a ser tía. Estaba asombrada de que pudiera sucederle eso. Se pasó cinco paradas de tranvía hablando de su futura situación. Y cuando se apearon, aún no estaba muy segura de si debía alegrarse o enfadarse. Más bien optaba por lo segundo.

Se trataba de un pequeño local situado en el primer piso de una vivienda. Sólo había un cliente leyendo el periódico. El padre de la Turrón estaba detrás de la barra. Tenía una mano sobre la palanca de la máquina de café. Con la otra saludó a su hija y a los acompañantes.

—¿Dónde está el perro? —preguntó Susi.

La Turrón señaló hacia una puerta situada en la parte de atrás del local.

SALIDA AL JARDÍN, ponía en la puerta.

La Turrón los acompañó hasta el jardín. Había muchas mesitas y sillones blancos. La mayoría estaban ocupados. Un camarero iba entre las mesas con una bandeja llena de tazas de café.

—¿Dónde está el perro? —volvió a preguntar Susi.

Ali rebuscó con la mirada entre las mesas. De repente, puso cara de asustado, dio media vuelta y entró corriendo en el local.

—¿Qué te pasa, Ali? —Susi corrió tras él. El camarero de la bandeja se interpuso en su camino y tuvo que frenar de golpe. Cuando el camarero hubo controlado la bandeja y Susi entró en el local, ya no había rastro de Ali. Susi le preguntó al padre de la Turrón.

—¡Ha salido por esa puerta! —el dueño del local señaló hacia la calle—. ¡Como alma que lleva el diablo!

Susi fue a la puerta de salida. Vio cómo Ali corría a toda velocidad calle arriba. Cuando iban juntos al colegio, Ali ganaba todas las carreras. Y seguro que durante el verano había mejorado su marca. No tenía sentido seguirle. Susi volvió tranquilamente al jardín. La Turrón y Gabi habían encontrado una mesa libre. El perro estaba tumbado junto a la Turrón. Era precioso. Muy grande y con mucho pelo. Susi se agachó y le acarició entre las orejas. Luego dijo:

—¡Ni idea, no sé lo que le ha podido pasar! ¡Está loco! ¡Mira que salir corriendo sin decir una palabra!

La Turrón señaló hacia una mesa, en la parte de atrás de la terraza.

—¡Allí está tu madre!

Susi miró hacia la mesa. En efecto, allí estaba su madre, en compañía de una mujer joven. Era muy extraño. Su madre no le había dicho que había quedado en una cafetería con una mujer joven. Pero aquello no podía ser la causa de que Ali saliera corriendo.

—¡Y la que está sentada junto a ella —dijo Gabi— es nuestra tutora!

Susi dejó de acariciar al perro.

—¡Qué faena! —dijo en voz baja—. ¡Nunca hubiera pensado que mi madre pudiera hacer algo así!

Aunque la Turrón no era una preguntona, esta vez sí preguntó:

—¿Por qué? ¿Qué pasa?

—Se han citado para hablar de Ali —dijo Susi—, porque no va a la escuela. ¡Le está delatando! —a Susi se le puso la cara amarilla de rabia. Pálida de rabia no se le podía poner, porque su piel estaba demasiado quemada por el sol.

—¡No te pongas así! —Gabi se lo tomó con calma—. Ya nadie le puede delatar. Todo el mundo en

132

la escuela sabe que hace novillos. Ya han escrito dos cartas a sus padres. Y ella —Gabi señaló hacia la mesa donde estaban su madre y la tutora—, ella ha dicho que avisarán a la asistente social.

—¿Qué es eso? —preguntó la Turrón.

—Yo tampoco lo sé exactamente —dijo Gabi—. ¡Es algo que tiene con ver con las autoridades!

—Quizá le envíen a Turquía —dijo la Turrón—; lo hacen también con los turcos que se quedan sin trabajo.

—¡No digas tonterías! —Susi dio tal grito que el perro se sobresaltó del susto. También su madre se sobresaltó y miró alrededor. El grito le debió resultar familiar.

—¡Te ha visto tu madre! —dijo la Turrón.

—¡Pamplinas! —Susi sacudió la cabeza. La madre no llevaba puestas las gafas—. No me vería ni aunque estuviera sentada en la mesa de al lado.

El camarero se acercó a la mesa, colocó una bandeja con zumo de naranja, copas de helado y tarta de chocolate, y dijo:

—Con los mejores deseos del jefe —y salió pitando hacia otra mesa.

Por no ofender a la Turrón, Susi se comió la tarta, bebió el zumo y apuró el helado, pero sin dejar de mirar con gesto huraño. Ni siquiera el perrazo la divertía. Aunque fuera simpático con ella, le pusiera una pata sobre las rodillas, le ofreciera la cabeza para que lo acariciara y la mirara cariñosamente con los ojos muy abiertos.

Al poco rato, la madre salió del jardín sin ver a su hija. Y poco después Susi, la Turrón y Gabi se marcharon. Los otros querían jugar al pimpón en el sótano de la cafetería, pero Susi no tenía ganas. Sólo deseaba ir a casa y decirle a su madre toda la decepción y amargura que sentía. Y buscar consuelo en su padre. Él solía decir que delatar a alguien era una gran marranada. Él la comprendería.

Susi llegó a casa antes que su madre. Su padre se estaba dando un baño con mucha espuma. Susi entró en el cuarto de baño, se sentó en un pequeño taburete y dijo:

—¡Ya no quiero a mamá!

Él se quedó tan impresionado por la afirmación que se le cayó la esponja. Metió la mano debajo de la espuma para buscarla y preguntó:

—¿Bromeas, hijita?

—Es en serio —dijo Susi.

—¿Y cuáles son las razones para semejante resolución? —preguntó él.

—¡No me tomes el pelo! —gritó Susi.

—¡No es mi intención! —gritó su padre.

—¡Entonces no me hables así! —gritó Susi.

—¿Cómo? —preguntó él.

—¡Con tanta pedantería, no entiendo nada! —gritó la niña.

—Disculpa —dijo él. Había encontrado la esponja, la sacó de debajo de la espuma y se frotó el brazo—. Bien, ¿qué tienes contra mi mujer?

Susi se lo contó. El padre la interrumpió cuando todavía no había terminado, ni mucho menos, con su denuncia:

—Entonces, hijita, no necesitas contármelo todo; ya estoy enterado, conozco el caso Ali.

—¡Pero acabo de ver a mamá sentada en la cafetería con la tutora de Ali! —gritó Susi.

Ni siquiera aquello le impresionó. Se limitó a asentir con la cabeza.

—Sí, sí —dijo sin dejar de frotarse—. Las dos acabarán por hacerse grandes amigas. El sábado, si no recuerdo mal, sólo hablaron por teléfono. El lunes mamá fue a la escuela, a la hora de las visitas. Pero había otras madres y no tuvieron tiempo para hablar. Entonces se citaron en la cafetería.

—¿Y cómo lo ves tú? —Susi se levantó de un salto y miró fijamente a su padre.

—¡De maravilla! —dijo él—. Es fantástico que una tutora dedique tanto tiempo a un alumno. Otros profesores se limitarían a sus horarios oficiales —sacó una pierna entre la espuma y se frotó la espinilla con la esponja.

—¿Por qué tiene que mezclarse mamá en todo esto? —gritó Susi—. ¡No es asunto suyo!

—Mamá hace lo que cree que debe hacer —dijo él serenamente—. Y no te mencionó nada de ello porque sabía que estarías en contra.

¡BÄH!
¡BUMM!
((¡¡¡PAN!!!

Página 135

—¡Tú eres tan malo como mamá! —bramó Susi—. Entiendes de esto tan poco como ella.

—Pobrecita —susurró el padre—. ¡Tienes unos padres terribles!

Susi salió precipitadamente del cuarto de baño y dio un portazo. De enojada y rabiosa que estaba, le entraron ganas de vomitar.

ESE jueves, Susi rehusó cualquier conversación con sus padres. Tampoco quiso cenar. De vez en cuando, uno de sus padres aparecía por su habitación. Veían siempre a su hija tendida en la cama, como si fuera un «lindo cadáver», amortajado con los brazos cruzados sobre el pecho y los ojos cerrados.

El «lindo cadáver» no reaccionaba ni a los intentos de reconciliación del padre, que le hacía cosquillas en la barriga y le susurraba palabras como «Susita» o «mi querida hijita», ni a los discursos de la madre, que pretendía que Susi hablara tranquilamente con ella. El viernes, Susi se negó a desayunar. Sin decir palabra, cumplió con su higiene matinal, recogió las cosas del colegio, se vistió y salió de casa sin saludar. Ya no estaba furiosa. Durante la noche, la cólera se había transformado en tristeza. Y miedo. Miedo por Ali. ¿Qué habrían tramado su madre, la tutora y la asistente social contra Ali?

En el recreo, la Turrón contó a Susi una gran cantidad de historias espeluznantes acerca de las consecuencias que tenía hacer novillos: ingreso en una residencia infantil, traslado a una escuela especial para niños de conducta desviada, cesión a padres adoptivos, visita obligada a psicólogos... Entre una cosa y otra, la Turrón no cesaba de decir con voz solemne:

—¡Pero todo esto sólo es válido para naturales del país; no sé cómo será con los extranjeros!

En el último recreo, la Turrón le dijo a Susi:

—Mi hermano, que entiende mucho de eso, ha dicho —la Turrón miraba a Susi con cara de pena— que con los extranjeros es muy fácil: si no obedecen, los expulsan del país.

—¡Ali no es extranjero! —dijo Susi—. ¡Es como nosotros! —Susi lo dijo a gritos, y Paul lo oyó.

—¡Claro que es extranjero! —se mezcló en la conversación—. ¡Porque no tiene nuestra nacionalidad!

—Bueno, ¿y qué? —gritó Susi. Sabía que aquello no era ningún argumento, pero no se le ocurrió nada mejor.

—¿Cómo puedes pensar que un turco no es extranjero? —preguntó Ulli, sorprendida.

—Y tiene cara de turco —dijo Paul—. ¡Es el vivo retrato de un Mustafá!

—¡Ali habla nuestro idioma mejor que tú! —le gritó Susi a Paul—. ¡Hace menos faltas en las redacciones!

—¡Pero sus padres no! —gritó Paul. Y empezó a bromear—: «¡Yo no entender, ser jefe de obra!». ¡Así hablan! —Paul se llevó el dedo índice a la frente.

—¡Qué tipo más idiota! —Stefan se volvió hacia Susi—. Pero pueden hablar turco. Y los niños turcos hablan turco y alemán. ¡Tú, idiota, eres tan tontorrón que no puedes aprender ni diez palabras de inglés de un día para otro!

Susi hizo con la cabeza un gesto de agradecimiento a Stefan.

Entonces Verena contestó:

—Déjalo —le dijo a Paul—. ¡Todas las novias de

los turcos tienen que defender a sus sultanes; de lo contrario, ¡les pegan un sablazo!

—¿Quién es novia de un turco? —Nervios, que volvía de afilar un lápiz en la papelera, se puso al lado de Susi.

—¡Pues Susi! —gritó Verena.

—¿De veras? ¿Vas con un turco? —Kathie se acercó al pupitre de Susi mordiendo una manzana.

—¡Dejad en paz a Susi! —gritó Michi.

—Claro que se puede decir que es la novia de un turco —dijo Verena—. Hace más de un año que sale con Ali. Lo sabemos desde la escuela primaria.

—¡Imbécil! —dijo Susi—. ¡Yo no salgo con nadie!

Alrededor del pupitre de Susi se había formado un gran grupo. En el centro estaban Susi, Verena, Paul, Nervios, Michi y Stefan. En torno a ellos había más de diez chicos observando y escuchando. El griterío era tan enorme que no se oyó el ruido de la campana que anunciaba el final del recreo.

Nervios le gritó a Verena:

—¡Nunca he conocido a nadie tan tonta como tú!

Verena contestó a gritos:

—Bueno, ¿y qué?

Susi dio un salto, levantó su libro de inglés con ambas manos y gritó:

—¡Te voy a estampar el libro en la cabeza, Verena!

—Y yo el mío —la Turrón cogió también su libro de inglés y lo levantó.

Todos estaban impacientes por ver si Susi y la Turrón cumplían sus amenazas. De repente, se hizo un silencio. Acto seguido, se oyó la voz de Luise Panigl:

—¿Tiene que ser precisamente el libro de inglés?

La profesora estaba justo delante de la pizarra.

140

—El libro de inglés está muy mal encuadernado —dijo—. Se desencuadernará fácilmente. ¡A mi modo de ver, un atlas sería mejor!

Todos se dirigieron a sus sitios. Kathi y Michi también. Stefan, Verena y Paul se sentaron como buenos chicos y clavaron la vista en la pizarra. Susi y la Turrón dejaron el libro de inglés en su sitio.

—¿Qué? ¿Se han calmado los ánimos? —preguntó Luise Panigl.

Nadie contestó.

—Tenía pensado algo muy diferente para hoy —dijo la señorita—. Pero hay que templar el hierro cuando todavía está caliente. Hablemos, pues, un poco de los extranjeros. Y de sus hijos. ¿Les parece bien, señores?

Tampoco obtuvo respuesta.

—Vuestra conformidad entusiasta me deja perpleja —dijo Luise Panigl—. Pero no importa. Tampoco os gusta la gramática, y hay que darla. Entonces, Huber, ¿podrías decir algo sobre el tema? —Luise Panigl cumplía rigurosamente, como se acordó el primer día de clase, lo de dirigirse a Susi sólo por el apellido.

Susi se incorporó lentamente. ¿Qué podía decir?

—Bien, Huber —Luise Panigl bromeó—; si te has enfadado tanto como para lanzar libros, es que las opiniones de algunos compañeros te han molestado, ¿no es así?

Susi afirmó con la cabeza.

—Ahora podrás hacer uso de la palabra mejor que antes entre el tumulto —Luise Panigl intentaba romper el hielo.

—Se trataba de Ali —dijo Susi—. Ali es mi amigo. Fuimos juntos a la escuela primaria.

Susi guardó silencio. Era demasiado complicado, no podía quejarse de Paul y Verena delante de la Panigl. ¿Cómo podría decirlo sin que pareciera un chivatazo?

—Se trata de una vieja enemistad —dijo Susi—. Desde el principio hubo unos cuantos que no simpatizaron con Ali. No quiero decir que haya que simpatizar con todo el mundo, pero a ellos no les gustaba Ali porque es turco —Susi miró fijamente a Verena—. ¡Incluso una madre fue a la escuela y exigió que su hija no se sentara con Ali!

—¡Por los piojos! —gritó Verena.

—Los piojos no eran de Ali —dijo Susi—. La mitad de la clase tenía piojos, y nadie sabía a ciencia cierta de quién eran. Pero Ali nunca tuvo piojos, y yo, aunque estaba siempre con él, tampoco.

Cuando Verena nombró la palabra «piojos», se hizo un murmullo en la clase que fue aumentando de tono por segundos, y que al final degeneró en discusiones a grito pelado entre diferentes grupos.

—A todos os llegará el turno —gritó Luise Panigl—. Pero uno detrás de otro. ¡Huber tiene todavía la palabra! —la señorita tuvo que repetir por tres veces que Huber tenía la palabra para que volviera la tranquilidad a la clase y Susi pudiera seguir hablando.

—Algunos también dijeron que Ali era un sucio —dijo la niña—. Pero...

—¡No digas que no era un guarro! —gritó Verena—. ¡Llevaba las uñas negras!

—Muy pocas veces —dijo Susi—. Porque, cuando

142

llegó con sus padres, no tenían agua ni estufa en la vivienda. Sólo un infiernillo eléctrico —Susi paró de hablar. De repente, tuvo la sensación de que allí no debía hablar así sobre Ali. A Ali no le habría gustado. ¡Seguro que no!

Luise Panigl hizo un gesto a Susi para que continuara. Michi se levantó de golpe.

—Tenían que ir a buscar el agua fuera —dijo—. Como por la mañana temprano calentaban el café en el infiernillo, no quedaba sitio para calentar el agua. Y hacía un frío tan puñetero, disculpe, tan gélido dentro de la casa, que Ali se hubiese congelado al lavarse —Michi se volvió a sentar.

—¡Esto es el colmo! —gritó Nervios desde su asiento—. Me estáis poniendo nervioso con lo de la higiene. ¡Si me dieran un chelín por cada guarro nacional, sería millonario!

La mayoría de los alumnos se echaron a reír; sólo unos pocos miraron a Nervios con gesto enfadado.

—¡Es la pura verdad! —dijo él.

—¿Y de qué te gustaría hablar, Nervios? —preguntó Luise Panigl. Susi se sentó, aliviada; Nervios se levantó.

—Yo preferiría hablar —dijo— del motivo por el que algunos de nuestra clase son racistas.

—¿Son qué? —preguntó la Turrón a Susi.

—Racistas —dijo Susi.

A Susi no le hubiera importado explicar a la Turrón el significado de la palabra, pero Luise Panigl le preguntó a Nervios:

—¿Podrías explicar a aquellos que no lo sepan qué es ser racista?

Nervios hizo un movimiento afirmativo con la cabeza.

—Bien —comenzó—; es cuando se considera la propia raza como la mejor. Por naturaleza la mejor, por decirlo de alguna manera. Son los que dicen que los negros tienen un cerebro más pequeño que el nuestro. A esa gente no le gustan los extranjeros. Quiero decir los extranjeros que vienen a trabajar aquí. En vacaciones, cuando viajan al extranjero, es diferente. ¡Son gente que tiene prejuicios tontos contra los extranjeros!

—¿Qué clase de prejuicios? —preguntó Luise Panigl. Cogió una tiza y escribió con letras grandes en la pizarra: CEREBRO PEQUEÑO, PIOJOS.

Stefan tomó la palabra:

—Hay extranjeros y extranjeros —dijo—, porque nadie afirma que, por ejemplo, los judíos tienen un cerebro pequeño, sino todo lo contrario.

—Es cierto —dijo Luise Panigl, y borró las tres palabras de la pizarra—. Entonces, ¿cómo lo hacemos?

—Pongamos los diferentes tipos de extranjeros uno debajo de otro —gritó Paul.

—Y al lado, su correspondiente insulto —gritó la Turrón—. Porque éstos también son importantes y totalmente diferentes.

—Y al lado, los prejuicios —dijo Kathi.

—Entonces necesitaríamos tres pizarras —dijo Nervios.

—Escribiré muy pequeño —prometió Luise Panigl.

En toda la hora de clase, Luise Panigl no tuvo tiempo de escribir los prejuicios en la pizarra, porque no se pusieron de acuerdo ni para definir los diferentes tipos de extranjeros. Media clase era de la opinión de que turcos, yugoslavos y griegos deberían estar en el mismo grupo, ya que los prejuicios contra ellos eran los mismos. Nervios representaba a los que opinaban que todos eran iguales. La Turrón representaba, en cambio, al grupo que opinaba que los turcos gozaban de menos simpatías.

Y cuando por fin se pusieron de acuerdo en poner en un mismo grupo a turcos, griegos y yugoslavos, pero distinguiéndolos con paréntesis, surgió una discusión sobre los judíos.

—No son extranjeros —dijo Susi.

La mayoría de los compañeros le dio la razón. Sólo Paul volvió a la carga:

—¡Claro, para ti tampoco Ali es extranjero!

Y Ulli dijo:

—Pero antes sí eran extranjeros, ¡luego se dispersaron por todas partes!

A lo que Stefan contestó:

—¡Entonces tú también eres extranjero! ¿O es que crees que tus tatarabuelos estuvieron siempre aquí? ¿No has oído hablar de la migración de los pueblos?

Acto seguido, Paul gritó:

—¡Pero su patria es Israel, luego aquí son extranjeros!

Martin tomó la palabra y preguntó:

—Por favor, decidme qué son realmente los judíos. No lo sé muy bien; sólo sé que unos echan pestes de ellos y otros salen en su defensa.

Y así se terminó la clase. Luise Panigl puso como tarea para casa que cada uno trajera por escrito todo lo que supiera sobre los judíos.

—¡Pero no en inglés! —gritó la Turrón asustada, ya que, bien mirado, había sido una clase de inglés. Luis Panigl tranquilizó a la Turrón. Desde luego, no tenían que hacerlo en aquel idioma.

—Y no lo hagáis en el cuaderno, sino en un folio —dijo—. Con lo que no tenga que ver directamente con la asignatura abriremos una carpeta aparte.

Ese día, los alumnos no abandonaron la clase tan rápidamente como otras veces. Ya hacía rato que Luise Panigl se encontraba en la sala de profesores, y todavía había grupos dispersos por la clase que seguían opinando sobre los judíos. Cuando llegó el conserje con la escoba y el recogedor, tuvo que echarlos fuera del aula. Siguieron discutiendo en la puerta de la clase hasta que se abrió la puerta de al lado y un profesor joven asomó la cabeza y dijo:

—¡Señores, algunos aún estamos en clase! ¿Serían tan amables de seguir discutiendo en la puerta del colegio?

La Turrón, Susi y Stefan lo hicieron así. Se sentaron en la barandilla de hierro que servía para evitar que los alumnos más fogosos no se dieran de bruces con el tráfico de la calle al salir del colegio. La Turrón contó que un cliente de la cafetería, que decían que era judío, se había quejado una vez de que su café estaba demasiado caliente. Entonces el camarero le había dicho a su padre que el «cerdo judío» debería buscarse otra cafetería.

—Si se hubiera tratado de otro cliente —dijo la Turrón— habría tenido que pedir disculpas. ¡Aunque fuera un auténtico imbécil!

—Según dicen —dijo Stefan—, los judíos son muy

146

astutos y tienen mucho dinero. Pienso que es una tontería, pero la gente lo cree así y les tiene envidia.

—Ésa no puede ser la razón —gritó Nervios—. Porque los trabajadores extranjeros no tienen dinero y tampoco son astutos. ¡Y se meten con ellos también!

—Siempre hay imbéciles a los que sólo les gustan los que son iguales que ellos —dijo la Turrón—. Nuestro camarero se mete con todo el mundo.

—Como dice mi padre, esto nunca cambiará —dijo Stefan—. La mayoría de la gente es idiota y sólo está a gusto cuando puede tener a alguien por debajo. Como Verena, que se considera superior. Lo mismo que Paul.

—¡Acabas de decir una tontería! —gritó Nervios—. ¡Claro que puede cambiar! ¡Podríamos ser más inteligentes!

CUANDO Susi regresó a casa, estaba todavía tan satisfecha de aquella hora de inglés aprovechada para otros fines, que olvidó su enfado con su madre y le informó con todo detalle de lo sucedido en clase. La madre volvió a defender a Paul.

—No tiene opinión propia, habla por boca de su padre. Como tú; también tienes la misma opinión que nosotros —dijo—. ¿No es así?

—Porque es la correcta —contestó Susi.

—¿Estás segura de que la seguirías teniendo si nosotros pensáramos como el padre de Paul?

—¡Estoy segurísima! —dijo Susi.

—No lo creo así —dijo su madre—. Pero no quiero discutir contigo. Cuando volvamos a ser capaces de hablar sin enfadarnos, podremos conversar sobre Ali de forma razonable.

Susi no quería aceptarlo así, pero su madre no le permitió que siguiera hablando.

—¿Cómo puedes pensar que quiero perjudicarle? ¡Le aprecio mucho!

—Sí, pero...

La madre la interrumpió:

—Ni siquiera una agencia de publicidad habría hecho más propaganda de Ali que yo con su tutora. Sólo le expliqué lo que sucede. Para que pueda comprenderlo. Ella no conoce a Ali muy bien. Hace muy poco que va a esa escuela. Tuve que decirle lo que sucede.

—¿Lo sabe ahora? —preguntó Susi.

Su madre afirmó con la cabeza.

—¿Y qué? —preguntó Susi.

—Ali irá a otra escuela —dijo ella.

—¿A una escuela de educación especial? —gritó Susi asustada, recordando las historias que le había contado la Turrón.

—¿Estás loca? —preguntó la madre—. ¿Quién va a internar a un muchacho tan inteligente como Ali en una escuela de ésas? Sólo tendrá que empezar de nuevo. Allí donde ni los profesores ni los compañeros sepan que ha faltado tanto tiempo a clase. Y donde tampoco tenga que ver constantemente a esa chica de la que está enamorado. Porque en el fondo le hace daño. Como cuando a uno le sienta mal algo.

Susi hizo un gesto afirmativo.

—Y además —dijo la madre—, también hay un profesor... El de gimnasia y biología. La dirección de la escuela dice que él..., pues que él..., pues... parece que no es muy objetivo cuando se trata de niños turcos. Sólo lo insinuaron, más no quisieron decir, pero en cualquier caso...

Susi la interrumpió:

—No des tanto rodeos; di sencillamente que es un racista.

—Lo habría dicho si hubiera sabido que lo entenderías —dijo su madre—. En cualquier caso, creemos que será más fácil para Ali si va a otra escuela.

Susi miraba fijamente a su madre. Con los ojos muy abiertos. Como hubiera dicho su padre, se le acababa de encender la bombilla.

—¿Por qué —preguntó— no puede venir Ali al colegio conmigo?

—En principio —dijo su madre—, podría ir. Si se

tienen en cuenta sus notas anteriores... En principio, sí. Pero Ali...

Susi la interrumpió:

—Pero ¿qué? Pero nada. El caso es que cambie de lugar —estaba muy excitada—. Ésa sería la solución. ¡Tiene que ser posible, mamá!

—En principio, sí —dijo ella—, pero sus padres...

Susi la volvió a interrumpir:

—¡A ellos les da lo mismo! Tampoco tendrían nada en contra si no fuera a la escuela. No piensan que la escuela sea tan importante. Son muy amables, ¡pero lo de la escuela no les entra en la cabeza!

—Bueno, en principio... —dijo de nuevo la madre.

Susi perdió la paciencia.

—¡Ya está bien con el eterno «en principio, en principio, en principio»! Estoy segura de que a Ali le encantaría ir a clase conmigo. Y también con la Turrón. Y Nervios le gustaría muchísimo. Las estupideces de Paul ya las conoce. De verdad, mamá, sería lo mejor para él.

—En principio, sí —repitió su madre.

—¡Entonces, hazlo! —gritó Susi.

—¿Yo? —la madre la miró horrorizada.

Susi movía la cabeza de arriba abajo. Si su madre se había hecho cargo del problema de Ali, también tenía que solucionarlo.

Ella se negó. Dijo que no podía responsabilizarse de un asunto tan serio. No era tan seguro que a estas alturas del curso admitieran a un alumno en la clase de Susi. Habían pasado muchas semanas desde el comienzo de las clases. Pero en ningún caso se podía dejar el asunto en manos de los padres de Ali.

Cuando Ali llamó a la puerta, madre e hija estaban todavía dándole vueltas al asunto. Susi corrió a abrir y condujo a Ali hasta la cocina. La madre miró a Susi suplicante, como si quisiera hipnotizarla. «Ni una palabra sobre lo de la escuela delante de Ali», venía a decir con la mirada.

Ali se sentó a la mesa. La madre siempre le hacía algo de comer. Daba lo mismo a la hora que llegara. Ali no sólo comía cuando tenía hambre; le divertía hacerlo a cualquier hora.

—¿Embutido o tortilla de jamón? —preguntó la madre de Susi.

—Las dos cosas, si es posible —dijo Ali.

—Entonces, primero algo de embutido —dijo ella—. Y mientras te lo comes, te haré la tortilla.

Cortó tres rebanadas de pan, puso mucha mantequilla y después embutido, pepinillos, queso y pimienta verde.

—Voy a ir a una nueva escuela —dijo Ali—. El lunes empiezo —parecía contento.

Susi hizo un gesto afirmativo con la cabeza. Le hubiera gustado decirle que ya lo sabía. Simular que para ella era una novedad le pareció algo hipócrita. Pero si decía que ya lo sabía, tendría que explicarle también cómo se había enterado. Y el papel que había tenido su madre en todo aquel asunto. Susi no estaba segura de que aquello le pareciera bien a su madre.

—La tutora estuvo en mi casa —dijo Ali.

—¿En tu casa? —aquello sí que era una novedad. Susi pudo expresar su sorpresa sin necesidad de ser hipócrita.

—Sí, en mi casa —Ali dejó caer el pan—. Pensé que me moría cuando llamaron a la puerta y abrí y la vi delante de mí —sacudió la cabeza como si todavía no se lo creyera—. Allí estaba; me dijo buenos días con toda naturalidad. Llegó a sonreír incluso. Preguntó si podía entrar. No parecía una profesora.

—¿Y qué dijo después? —preguntó Susi.

—Pues eso, que yo iría a otra escuela de formación profesional.

Ali lo dijo de una manera que Susi comprendió que no le agradaba hablar de ello.

—Me parece muy bien —le dijo la madre—. ¿Y a ti? ¿Qué te parece? —y miró a Ali con gesto expectante.

—Bien —Ali dio un mordisco al pan. Hacía tiempo que no tenía una expresión tan alegre. Luego, se zampó el resto del pan.

—Mañana me dirán a qué escuela voy. Donde haya un sitio libre. Espero que no sea muy lejos —Ali se chupó los dedos manchados de mantequilla—. Dicen que no será nada fácil encontrar plaza.

Susi ya no pudo aguantar más. Aunque su madre no estuviera de acuerdo, tenía que decirlo. Había que darse prisa. Si Ali empezaba en otra escuela, entonces sería demasiado tarde. Ali no podía andar cambiando de escuela como de camisa.

—Oye, Ali —dijo sin mirar a su madre—. ¿Por qué no vienes a mi colegio?

La madre hizo una mueca, Susi lo vio con el rabillo del ojo. Parecía que había mordido un limón.

—Pero tú vas a estudiar el bachillerato —dijo Ali.

—¿Y qué? —Susi sólo tenía ojos para Ali. La cara de limón de la madre le resultaba muy desagradable.

—En mi clase —dijo Susi— no hay niños pijos ni damas distinguidas, como tú crees. Sólo hay algunos imbéciles, pero de ésos también hay en la escuela de formación profesional.

—Pero yo soy turco —dijo Ali.

—¡Ésa no es razón para que no puedas ir a mi clase!

Ali miró a la madre de Susi como diciendo: «Su hija está loca». La madre no dijo nada.

—Pero soy turco —dijo Ali—. Ningún turco hace el bachillerato para ir a la universidad.

—¡No es así! —gritó Susi.

—Al menos, ninguno que yo conozca —contestó Ali.

—No los conoces a todos —afirmó Susi.

—¿Te gustaría ir, Ali? —preguntó la madre.

Ali se puso colorado.

—Claro —dijo.

—¿Y si no hubiera sitio en la clase de Susi —preguntó la madre— y tuvieras que ir a una paralela? Aunque no fueras a la misma clase que Susi, ¿entonces también, Ali?

—Claro —dijo Ali—. Sólo que...

—Sólo ¿qué? —preguntó la madre.

—Soy turco —dijo Ali—. Y mis padres no tienen dinero.

—¡Ésa no es ninguna razón! —gritó la madre. Su cara tenía un aspecto normal, ya no era de limón.

—¡Es lo que llevo diciendo todo el tiempo! —gritó Susi.

—¿Está tu madre en este momento en casa? —preguntó la madre de Susi.

Ali afirmó con la cabeza.

—Hoy ha tenido turno de mañana.

—Entonces vamos los dos a ver a tu madre y hablaremos de ello; ¿te parece bien?

—Mejor sería con mi padre —dijo Ali—. Mi madre no decide esas cosas. Mi padre llega a casa a las cinco, pero... —de repente, Ali pareció desconcertado— él no la entendería. Entiende muy poco, cosas no tan complicadas.

—Entonces, tú me harás de intérprete —dijo la madre de Susi.

Ambos salieron a las cuatro y media. Susi se quedó mordiéndose las uñas, cosa que no hacía desde tiempo inmemorial. Cuando su padre volvió del trabajo, la madre aún no había regresado. Susi le informó de todo. Él consideró una buena señal que ella no hubiera vuelto a casa.

—Para decir que no —aclaró— no se necesitan dos horas.

Hacia las ocho, el padre volvió a salir. Todos los viernes por la tarde se citaba con su amigo Otto para tomar unas copas.

Susi esperó a que se marchara; luego, cogió la guía de teléfonos y buscó en los Panigl hasta que encontró un Josef y detrás una Luise, entre paréntesis. Al marcar el número de Luise Panigl le palpitaba el corazón y le temblaban los dedos. Pero no podía dejar todo en manos de su madre. Ali era su amigo.

El teléfono sonó tres veces; luego, se oyó la voz de Luise Panigl:

—Diga —y repitió—: Diga —pero Susi no decía nada. Tenía un nudo en la garganta. Después del tercer «diga», la niña carraspeó y dijo con valentía—: ¡Buenas tardes, señorita Panigl! Soy Huber.

—Buenas tardes, querida Huber. ¿Qué pasa? —no

se apreciaba sorpresa en la voz de Luise Panigl. Parecía alegrarse de la llamada—. ¡Dime, Huber!

Susi se explicó. Al principio, con atascos; luego, cada vez más deprisa y sin interrupciones, con frases larguísimas. Después no habría sido capaz de repetir todo lo que soltó por el teléfono, ni decir si su narración había sido clara y concisa o confusa y desordenada. Pero daba lo mismo. Luise Panigl la había entendido perfectamente.

—Huber —dijo—, de momento no te puedo prometer nada; sólo que haré todo lo que pueda por Ali. Ahora voy a llamar al director del colegio para ver cómo están las cosas. Mañana temprano hablaré más detalladamente con él. Ven a verme a la sala de profesores en el recro de las diez. Entonces ya te podré adelantar algo. ¿*Okay*, Huber?

—Gracias, señorita —dijo Susi, y luego añadió—: Por favor, ¿podría llamarme Susi de ahora en adelante?

—Con mucho gusto —dijo Luise Panigl. Además de a Luise Panigl, Susi oía por el teléfono la vocecilla de un niño pequeño que lloriqueaba: «¡Mami, ya he terminado! ¡Ven a limpiarme el culito!».

—Entonces, hasta mañana —dijo Susi.

—Hasta mañana, Susi —dijo Luise Panigl.

Susi colgó el auricular; luego, se observó en el espejo del vestíbulo.

—Estupenda, realmente estupenda —dijo a la vez que hacía un gesto de satisfacción a su imagen del espejo. No se refería solamente al comportamiento de Luise Panigl, sino al suyo también. Telefonear a la tutora, pensó Susi, había sido un gesto de madurez.

La madre llegó a casa a las nueve.

—Su padre está de acuerdo —dijo, fue derecha al salón y se tumbó en el sofá.

Susi respiró aliviada.

—¿Cómo has tardado tanto? —preguntó—. ¿Has tenido que convencerle? ¿Se ha negado al principio?

—Su hospitalidad ha hecho que me retrasara tanto —la madre se llevó el índice al estómago—. ¿Sabes, angelito, lo que hay aquí dentro?

Susi no lo sabía.

—Un plato de no sé qué —dijo la madre entre dientes—. ¡Y otro plato de no sé qué otra cosa! Y cuatro... —levantó el brazo derecho y extendió cuatro dedos—. ¡Y cuatro vasos grandes de aguardiente!

—¿Aguardiente? —Susi se quedó sorprendida. Su madre nunca bebía aguardiente. Ni siquiera licor. Ni cerveza. No bebía ningún tipo de alcohol.

—Pero fueron tan amables... —dijo—. No podía hacerles un feo —cerró los ojos y se durmió.

Susi cogió la manta de cuadros y la arropó. No es que hiciera frío en el salón, pero cuando se quiere a alguien, pensó Susi, se le arropa.

Luego, se fue a la cama. Antes de apagar la luz, le dijo al osito de peluche:

—¡Cruza los dedos, viejo, para que el director esté de acuerdo!

El osito no tenía dedos, pero Susi estaba convencida de que, incluso sin dedos, les traería suerte. El muñeco gruñó en señal de aprobación. Al menos, así le pareció a la niña.

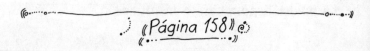

CAPÍTULO 16
¿DE DÓNDE SACA UN TIPO COMO TÚ, ESAS IDEAS?
¡TODOS LO DICEN!
LAS DOS OPINIONES NO COINCIDEN
¡BUENOS DÍAS, ANGELITO!

EL miércoles de la semana siguiente, la madre se comportó con Paul de forma muy diferente a como era habitual en ella. Perdió la paciencia. Ya no le trató como a un pobre muchacho, sino como a un tipo arrogante. Susi fue testigo de ese trato poco amistoso cuando salió de su habitación para dirigirse al cuarto de baño.

—¿De dónde saca un tipo como tú esas ideas? —oyó decir a su madre en el salón. Susi dejó para después la visita al lavabo y se acercó sin hacer ruido a la puerta del salón.

—Todos lo dicen —se excusó Paul.

—¡Yo no! —gritó ella.

—¡Todos los demás! —Paul no paraba de empujar de un lado a otro de la mesa los peones que había ganado en la partida de ajedrez.

«¿De qué estarán hablando? —se preguntó Susi—. ¿Por qué discutirán?»

—¿Puedes darme alguna explicación razonable —preguntó ella— de por qué Ali no puede ir con vosotros al colegio?

—Los morenos van a la escuela de formación profesional —Paul apiló los peones junto a una torre.

—En primer lugar —gritó la madre—, no digas «los morenos»; segundo, eso no es ningún argumento, y tercero, algunos extranjeros van a vuestro colegio.

160

—El griego de tercero es el hijo del agregado comercial —dijo Paul.

—¡Ajá! —ahora la madre sí se enfadó de verdad—. A él si le das permiso. ¡Pero a Ali no! A ver, ¿por qué?

Paul no contestó.

—¿Crees que los que van al colegio son mejores? —preguntó la madre.

Paul continuó en silencio.

—Si es así —dijo ella—, me gustaría saber qué se te ha perdido a ti allí. ¡Tú no tienes nada de extraordinario, estimado Paul!

—Mi padre es veterinario —dijo Paul.

La madre no respondió.

—¿Y quién debe ir a un sitio o a otro? —preguntó Paul.

Susi quiso oír claramente la respuesta. Abandonó su puesto de escucha, entró en el salón y se sentó a la mesa, entre Paul y su madre.

—Estamos hablando de las distintas escuelas —dijo la madre.

—Lo he oído —dijo Susi.

—Pues bien —la madre se dirigió a Paul—, quién debe ir y quién no, no sabría decírtelo. Si por mí fuera, todos los niños irían a la misma escuela. Entonces no habría problemas.

—¿No depende de la inteligencia? —preguntó Paul.

—¿Qué clase de inteligencia tienes tú? —gritó Susi.

—¡No soy tonto! —gritó Paul.

—No —Susi cambió de actitud, aunque no estaba

del todo segura—. Pero los que van a la escuela de formación tampoco son tontos.

—Donde vive papá —dijo Paul—, todos los niños van a la escuela de formación. El colegio está muy lejos y tendrían que vivir en un internado.

—¿Lo ves? —dijo la madre de Susi—. ¿Seguimos jugando? —preguntó luego.

Paul quitó todas las fichas del tablero.

—¿Jugamos a algo a lo que Susi también pueda jugar?

—No, gracias —dijo Susi—. Tengo que ir a casa de la Turrón. Ali, Nervios y Kathi van también —se dirigió a su madre—. Hacemos juntos las tareas del colegio.

—La Panigl se lo ha permitido —dijo Paul. Sonó a envidia—. Dice que juntos juntan más datos.

—¿Juntos juntan más? —la madre no lo entendió.

—Los trabajadores extranjeros han sido desplazados por los judíos —le explicó Paul, pero la madre lo entendió todavía menos.

Así que Susi se lo tuvo que explicar. Dijo:

—Como nos hemos pasados dos días hablando de los judíos, todavía no hemos podido hacer lo de los prejuicios que se tienen contra los trabajadores extranjeros. Por eso ahora lo tenemos como ejercicio para casa.

Ahora la madre sí que lo entendió.

—¿Y cómo se siente Ali —preguntó— haciendo esos deberes?

—¡Pues como el gran jefe! —Susi se rió—. ¡De eso sabe más que cualquiera de la clase!

Susi se volvió hacia Paul.

162

—Tú también eres una autoridad en el tema —dijo con malicia—. Pero en el lado contrario.

—¡No es verdad! —gritó Paul.

—¡Sí! —gritó Susi.

La madre puso la mano sobre el hombro de Susi y apretó con fuerza. Aquel gesto venía a significar: «No seas así. Déjalo en paz. Ya está bien».

—*Okay* —Susi se levantó de la silla—. Volveré sobre las seis —le dijo a su madre—. ¿Si vengo con Ali, tendrás suficiente comida para él?

La madre hizo un gesto afirmativo con la cabeza.

Susi ya estaba junto a la puerta del salón cuando Paul gritó:

—¡Oye, Susi!

Susi se volvió.

—¿Puedo ir contigo? —preguntó él.

—¿Tú? ¿A casa de la Turrón? —Susi le miró fijamente.

La madre de Susi había levantado las manos, a espaldas de Paul, suplicante, como un niño educado que pide chocolate.

Susi no podía desatender la petición de su madre. Pero ¿qué dirían los demás cuando llegase en compañía de Paul? A la Turrón, muy probablemente, le daría lo mismo. Y Ali era demasiado bonachón para meterse con Paul. Kathi tampoco lo haría. Pero Stefan y Nervios estaban totalmente enfrentados con Paul. Se había hecho muy antipático con sus chulerías. Podría suceder que Nervios le preguntara: «¿Cómo es que traes contigo al cazador?», y Stefan añadiría: «Y además sin ciervo».

No hacía mucho, Paul había contado en el recreo que cada dos domingos iba de caza con su padre y

163

que, pim-pam-pum, ciervos, liebres y venados caían como moscas. Desde entonces, algunos de la clase le llamaban «cazador».

Pero la madre volvió a juntar las manos, suplicante. Había que complacerle en todos, pero en todos sus deseos. Si no hubiera sido por ella, Ali no estaría ahora en clase. Se había preocupado de toda la burocracia de la matrícula. Había hablado con el director. Y le había comprado los cuadernos, la caja de compases y los colores para pintar. Y el chándal con el nombre del colegio. Y todo ello sin darle importancia. No, no podía defraudar a su madre.

—Bueno, pues vente —le dijo Susi a Paul—. Voy un momento al lavabo y ahora vuelvo.

En el lavabo, Susi continuó pensando: «Les explicaré a Nervios y a Stefan cómo se me ha pegado. Son personas razonables».

CUANDO SUSI regresó a su casa por la noche, su madre le preguntó:

—¿Os ha ido bien?

Ali, que no conocía la intención de la madre, dijo:

—¡Y cómo! No hemos tenido suficiente con un pliego doble. Así que hemos empezado otro. Podríamos haber escrito un libro con los prejuicios. Pero uno gordo —y con los dedos pulgar e índice indicó un grosor de al menos diez centímetros.

Susi asintió con la cabeza.

La verdad sea dicha, no les había ido muy mal. De forma totalmente distinta a como Susi había pensado. Paul era realmente un enigma. Un gran enigma que Susi no podía comprender.

Después, Ali se marchó a su casa. Su madre tenía

turno de noche y él debía cuidar a sus hermanos. Entonces Susi informó a sus padres de aquel gran enigma llamado Paul.

—Creía que me volvía loca —dijo—. De repente, Paul ha empezado a decir que todos los niños deberían ir al mismo colegio. Que la distinción entre escuela de formación y colegio es una estupidez. Luego ha empezado a insultar a los que llaman «morenos» a los extranjeros y ha calificado de imbéciles a los que tienen prejuicios. Ha dicho que les faltaba un tornillo. ¿Os dais cuenta? Cada vez dice una cosa distinta.

—No sabe lo que dice —dijo la madre.

—Quiere tanto a mi mujer que habla por boca de ella —dijo el padre.

—Y quiere a su padre —dijo la madre—; por eso habla por boca de él.

—Y las dos opiniones no coinciden —añadió el padre.

—Pero debería tener una opinión propia —gritó Susi—. No se puede decir una cosa y, poco después, lo contrario.

—Dale tiempo para ello —dijo su madre—. Todo esto es muy difícil para él.

«Okay —pensó Susi—. Le daré tiempo. Tampoco tengo por qué preocuparme tanto por él.»

Pero no lo dijo en voz alta. A su madre no le habría gustado oírlo. ¡Para ella, Paul sí era importante!

«¡Que piense lo que quiera!»

Mientras Ali también siguiera siendo importante para su madre, no había nada que objetar.

EN LA CAMA, con la luz apagada, Susi siguió reflexionando, y llegó a la conclusión de que últimamente le iba muy bien. ¡Estaba contenta con sus padres, satisfecha del colegio y de los amigos! ¡Y por si fuera poco, estaba otra vez con Ali! ¡No se podía pedir más! «Todo sobre ruedas, vieja», dijo. Entonces pensó en Alexander. Él hubiera dicho lo mismo. Se imaginó a Alexander. Los ojos, la nariz pequeña, los labios y el diente que sobresalía entre los demás. ¡Y las cinco pecas en la punta de su nariz! Susi se dio cuenta de que todavía le causaba dolor pensar en él. Estaba completamente segura de que no era por el orgullo herido. Se trataba sencillamente de que lo quería. Y cuando uno quiere mucho a alguien, le gustaría ser correspondido. Y no sirve decir diez veces al día: «¡Que se vaya al diablo!». Por la noche, en la soledad de la cama y con la luz apagada, uno se da cuenta de que le gustaría volver a estar con él.

Susi se tapó hasta el cuello con la manta, se volvió de cara a la pared, se colocó bien la almohada debajo de la cabeza y suspiró. Estaba muy cansada. Pero no podía dormir. Se dio media vuelta, encendió la luz de la mesilla de noche, se levantó de la cama, cogió al osito de peluche de la cesta y con él en los brazos se volvió a meter en la cama y apagó la luz. Se colocó otra vez de cara a la pared, situó bien la almohada debajo de su cabeza, se tapó hasta el cuello con la manta, apretó fuertemente al osito entre sus brazos y dijo muy bajito: «¡Duerme bien, viejo!».

Antes de quedarse dormida, Susi se propuso que a la mañana siguiente pondría de nuevo al osito en la cesta, antes de que su madre entrara en la habitación. No era necesario que ella se enterase de que su hija dormía con un osito de peluche en los brazos, como si fuera una niña pequeña.

Por supuesto, Susi no se despertó antes de que su madre entrara en la habitación. Naturalmente, ella vio al osito en la cama de Susi. Le dio unos golpecitos en la barriga y le dijo:

—¿Qué? ¡Estarás contento por volver a tener una compañera de cama!

A Susi aquello le disgustó un poco. Su madre no necesitaba hablar con el osito como si ella fuera todavía una niña pequeña, sólo porque a veces le gustara dormir con él entre los brazos.

—El osito no te escucha —le dijo en tono agrio—, tiene tapones en los oídos.

—¿De verdad? —preguntó su madre.

—De verdad —dijo Susi, se levantó de la cama, puso el muñeco en la cesta y se dirigió al cuarto de baño.

Allí estaba su padre. Se estaba duchando.

—Ya salgo —dijo.

—No tengo prisa —dijo Susi—. Mientras tanto, me lavaré los dientes.

—¿Tienes hoy un día duro? —preguntó su padre.

Susi se quedó pensativa. ¿Tenía hoy un día duro? Dos horas con la Panigl, la parlanchina y al mismo tiempo encantadora Turrón, Ali dos pupitres más adelante, chismorreo con Nervios y Stefan en el recreo, un poco de camorra con Verena, quizá también con Paul. Y una aburrida clase de matemáticas. ¿Era un día duro?

—Creo que no —dijo Susi.

Él cerró el grifo del agua y salió de la bañera.

—Me alegro.

—Yo también —Susi se introdujo en la bañera y abrió el grifo del agua—. Más que tú.

Pero su padre no podía oírla. Ya había salido del cuarto de baño envuelto en una toalla.

OCHO SEMANAS después, una tarde lluviosa y fría, sonó el timbre de la puerta. Susi abrió. Esperaba a Ali y a la Turrón. Pero delante de la puerta estaba Alexander.

—Todavía te debo veinte chelines, y te traigo también tu bolígrafo —le dio a Susi un billete de veinte chelines y el bolígrafo—. El Micky Mouse ya no se balancea.

Susi cogió las dos cosas.

—No importa —dijo.

—¡Bueno, entonces hasta la vista! —se despidió Alexander. Pero seguía sin moverse del sitio.

—¿No quieres entrar? —preguntó Susi.

—Si no es molestia... —contestó Alexander.

—Nada de eso —dijo Susi.

Alexander entró en el vestíbulo. Se quitó la chaqueta y pasó a la habitación de Susi.

—Ali está a punto de llegar —le informó Susi.

—Entonces prefiero irme —dijo Alexander—. Estamos enfadados.

—De eso hace mucho tiempo —comentó Susi.

—¿Lo sabías? —preguntó Alexander.

—Por supuesto —dijo Susi.

Volvió a sonar el timbre. Esta vez abrió la puerta la madre de la niña. Desde el vestíbulo, llegó la voz de Ali. Dijo algo sobre el tiempo que hacía.

—¿Y si no quiere volver a verme? —preguntó Alexander.

—Yo sí quería volver a verte —dijo Susi.

—¿De verdad? —preguntó Alexander.

—¡De verdad! —Susi asintió con la cabeza—. ¡De verdad, de verdad!

Susi se alegraba realmente de que Alexander hubiera ido a su casa. Pero se daba perfecta cuenta de que ya no tenía tantísima importancia para ella como antes.

«La época de las tres ruedas —pensó— hace tiempo que pasó. ¡Y la enorme tristeza por la desaparición de la tercera rueda, también!»

—Pero bueno, ¿a quién tenemos aquí? —Ali, desde la puerta de la habitación, saludó sonriente a Alexander. Éste se acercó a él, le dio un golpecito cariñoso en la espalda y dijo igualmente:

—Pero bueno, ¿a quién tenemos aquí?

Susi estuvo a punto de decir: «A una rueda muy vieja», pero ninguno de los dos lo hubiera entendido.

Índice

EL BARCO DE VAPOR

SERIE NARANJA (a partir de 9 años)

EL BARCO DE VAPOR

SERIE ROJA (a partir de 12 años)